中公新書 2339

石川美子著

ロラン・バルト

言語を愛し恐れつづけた批評家

中央公論新社刊

はじめに

ロラン・バルトは、第一次世界大戦中の一九一五年に、フランス北部の港町で生まれた。三七歳というやや遅い年齢で最初の著書を出し、やがて人気の批評家となった。一九六〇年代には、記号学や構造主義批評をいちはやく取りいれて、その流行をもたらした。一五年間ほどパリの高等研究院で教えたあと、一九七七年にはフランスにおける学問の最高機関ともいうべきコレージュ・ド・フランスの教授に就任した。だが、その三年後の一九八〇年二月末に交通事故に遭い、一か月後に亡くなる。死去を知らせるニュースや新聞記事では、バルトを悼むために「作家」「神話学者」「演劇評論家」「記号学者」「思想家」「芸術愛好家」「文学者」など、さまざまな言葉がもちいられた。

実際に、ロラン・バルトの批評活動は、生涯をつうじて、めまぐるしく変化したのだった。文学言語を論じた『零度のエクリチュール』にはじまって、社会時評的な『現代社会の神話』や、ファッションの記号学的分析である『モードの体系』。そして、日本についての

『記号の国』や、読書の楽しみを語った『テクストの快楽』、自伝的な『彼自身によるロラン・バルト』など。さらには、愛の言葉をめぐる『恋愛のディスクール』と、内省的な写真論である『明るい部屋』。バルトは、著作ごとに対象と方法を変えていった。そしてどの著作も、読者を魅了してやまなかったのである。

バルトほど愛された批評家はいなかったと言えるかもしれない。それは、対象に向けるまなざしと、読む者の心をとらえる文章にあったのだろう。文学作品だけでなく、三面記事や広告ポスター、映画や写真や絵画など、彼の言葉をとおして語られると、かぎりなく魅力的に見えてくるのだった。

たとえば、日本についての『記号の国』（一九七〇年）を読むと、バルトの独特な視点と表現がはっきりとわかる。東京という大都市の真ん中に皇居があって、そこに誰も入れないことについて、バルトは「東京の中心は空虚だ」と言い、「空虚な中心にそって想像的なものが円をえがくように広がってゆく」と語る。あるいは天ぷらについて、「レース編み細工」のようだと表現し、「もっぱらすきまからできており、そのすきまを食べるために作られている」と語る。そのように魅力的な言葉にだれもが耳をかたむけずにいられなくなる。

またバルトは、それまでごく普通に用いられていた語に新しい意味をつけくわえて、その語を輝かせたりもした。最初の著書『零度のエクリチュール』（一九五三年）においては、

「エクリチュール」の語を新たに定義し、「エクリチュール」という言葉の流行をもたらした。『現代社会の神話』（一九五七年）では、「神話」の語の新しい意味を生みだした。それらの新しい意味は定着して、しばらくするとフランス語辞典にも記載されるようになった。また、「テクスト」「快楽」「身体」といった語も、バルトの文章のなかに置かれると、文学の魅力が流れだしてくるような特別な言葉に見えてくるのだった。

難解な理論や用語さえも、彼が語ると明快でわかりやすいものとなった。一九六〇年代や七〇年代には、言語学や精神分析や現代思想など、さまざまな分野の用語が学際的にひろく流行して、バルトもそれらの語をとりいれて語ったりした。彼の文章のなかで語られると、難解な概念も、知性ではなく身体で吸収されてゆくような柔軟な言葉に感じられた。

そのようにして、バルトは新しい分析方法をもたらしたのだった。彼は言語学者ソシュールやイェルムスレウの理論をとりいれて、記号学的分析に取り組んだ。一九六二年から担当していた高等研究院でのセミナーでは記号学の基本的な概念を教授し、雑誌などの論考ではさまざまな事象に記号分析を応用して、記号学的な方法をひろめていったのである。そして一九七七年にコレージュ・ド・フランス教授に就任したときには、「文学の記号学」という講座を担当したのだった。このようなバルトの努力によって、記号学が新しい学問領域として認められたと言ってもいいだろう。

そして、晩年のバルトは、小説を書きたいと願うようになった。コレージュ・ド・フランスでの講義は「小説の準備」と題されて、二年間にわたって続けられた。小説を書くために乗り越えなければならない問題や、小説を書く作家たちの欲望や生活について講義がなされ、その斬新なテーマに聴衆は聞き入った。

バルトは「時代の寵児《ちょうじ》」だったと言えるだろう。彼がつぎからつぎへと対象や方法を変えてゆくたびに、それは人びとの関心をひき、心をとらえていった。彼の文体そのものも、同時代の人たちに影響をあたえた。たとえば、バルトは短い文章をならべてゆく断章形式を好んだが、そのような書きかたを取りいれる作家もすくなくなかった。また、彼が自伝的な『彼自身によるロラン・バルト』（一九七五年）を出版すると、多くの作家もまた自伝的な作品を発表しはじめた。一九六〇年代に「作者の死」を語っていたバルトが自伝的な作品を書いたことで、「自伝」行為が一般に認められたような雰囲気がもたらされたのである。

そのようなバルトが突然に亡くなったときの困惑は大きかった。多彩な活動をくりひろげるなかで亡くなったために、彼のイメージは断片化され、とらえどころがなくなった。記号学を標榜《ひょうぼう》するバルト、読む快楽をうたうバルト、音楽と絵画を愛好するバルト、内省的に写真を語るバルト、愛の苦悩の表現をこころみるバルト、そして小説を書こうとするバルト……。多様な顔をどのように体系的に解釈すべきか、だれもが困惑した。友人や弟子たちも沈黙し、やがて月日は流れていった。バルトがいくつもの語にあたえた新しい意味はフランス語に定着して、もはやバルトの名をだす必要もなくなっていた。記号学の流行は去っていった。バルトはだんだんと忘れられてゆくように見えた。

ところが、二〇〇〇年代になって、ふたたびバルトの姿がよみがえってきたのである。全集や講義ノートや日記など、さまざまな出版があいついだ。彼の伝記や研究書も年ごとにふえていった。かつて彼が流行させた理論や概念は過ぎ去っていったが、そのことでかえってバルトという人間の魅力が生き生きと見えてきたのである。今こそ、問わずにはいられないだろう。ロラン・バルトとは、いったいどのようなひとだったのか。そして現在によみがえったバルトとは、どのようなひとなのだろうか、と。

目次

ロラン・バルト

ロラン・バルト（1915―80）

プロローグ——一九一五～一九四六年

I　少年時代

フランス南西部の町へ

ロラン・バルト（Roland Barthes）は、一九一五年一一月一二日に、フランス北部の港町シェルブールで生まれた。シェルブールは英仏海峡に突き出た半島の先端部にあって、フランス海軍の要地となっている。バルトの父ルイ・バルトは海軍中尉として、妻アンリエットをつれてこの地に赴任した。そのときにロランが生まれたのである。だが第一次世界大戦のさなかであり、ロランが一歳にもならない一九一六年一〇月末に、父は北海で戦死してしまう。したがってロランには父の記憶はまったくない。

乳児とふたりきりで残されたアンリエットは、亡き夫の両親をたよって行くことにした。

実母がパリで裕福に暮らしていたが、娘には冷淡だったからである。アンリエットの夫ルイの両親は、フランス南西部の町バイヨンヌに住んでいた。大西洋にもスペイン国境にも近く、気候の温暖な美しい町である。ゆったりと流れるアドゥール川の河口近くにひろがり、色濃い緑と陽光にあふれ、町の中心には壮麗な大聖堂がそびえている。

アンリエットは、はじめは夫の両親と妹が暮らす家に身をよせた。しばらくすると独立して、バイヨンヌの町はずれに居をかまえる。母と子のふたりだけの生活は、貧しかったが幸せだった。日曜日になると、アンリエットはロランをつれて義父母の家をたずね、みなで昼食をとり、いっしょに午後をすごした。ロランは愛情につつまれて育った。すこし大きくなると、ひとりで祖父母の家によく遊びに行くようになった。学校帰りなどにおやつを食べに寄ることもあった。

祖父母の家には、広大な庭があった。花々、果樹、野菜、香草などが植えられており、奥まったところでは木々が鬱蒼《うっそう》として薄暗いほどだった。家庭的な暖かさと、野生的な雰囲気とをあわせもつ庭であり、ロランの大好きな遊び場所だった。祖母ベルトが近所の夫人たちを招いてお茶会をひらくときには、社交的な場にもなった。上品なフランス語で社交界のうわさ話がくりひろげられ、お茶のテーブルから庭の立ち話までずっとおしゃべりがつづいた。地方のブルジョワジーらしい庭や生活は、まるで小説の世界のようであり、子どものロランにも魅力的に思われた。
ロランの父の妹、すなわち叔母《おば》のアリスは、ピアノの先生だった。自宅に生徒たちをよんで教えていたので、家のどこにいてもピアノの音が聞こえた。幼いロランには、音階練習の音さえもが心地よく感じられた。やがて彼自身も叔母からピアノを教わるようになるが、そのまえに、ピアノの音を聞くよろこびが、家や庭や町の風景と溶けあって、彼の身体のなかにしみこんでいたのである。彼は晩年になってつぎのように語っている。

「今でも」だれかがピアノの練習をしているのを遠くから耳にするたびに、わたしの子ども時代全体が、B［バイヨンヌ］の家が、南西部の光までもが、わたしの感覚のなかに突然に現れ出てくるのだ。
（「ピアノ――思い出」）

ロランは九歳のときにパリに移り住むことになる。だが子ども時代の幸せな思い出にみちたバイヨンヌは、彼が生涯をつうじてもどってゆく愛する故郷となった。そして、彼の感性の源にもなったのである。

バイヨンヌの記憶

祖母ベルトは、没落した地方貴族の末裔《まつえい》だった。彼女をとりまく地方ブルジョワジーの生活について、バルトはのちに「当時のバイヨンヌには、かなりバルザック的なところがあった」と語っている。バルザックはフランス中部の町トゥールで生まれた。彼の小説には、しばしばトゥールの貴族やブルジョワジーたちの生活が描かれている。バルザックの描きだすトゥールと、バルトの祖母たちが暮らしたバイヨンヌは、地方ブルジョワジーの生活と社交という点でどことなく重なりあっていた。だから、バイヨンヌはバルトにとって「バルザック的」な町であり、「小説的な町」なのである。

祖母のおしゃべりのなかには、その地方のブルジョワジーたちの名前がくりかえし出てきた。ルブッフ、バルベ゠マサン、ド・サン゠パストゥー、ピショノーなど、フランス的ではあるが独特な響きをもつ名前が多く、少年ロランには不思議な音の織物のように聞こえた。それらの名前の魅惑が彼には忘れられなかった。そして四〇年以上もすぎてから、プルーストについての論考を書くときに、彼の小説における固有名詞の魅力と効果について分析することになる（「プルーストと名前」）。

プルーストは、バルトにバイヨンヌでの生活を思い出させる存在でもあった。プルーストはパリで生まれ育ったが、子どものときには父親の故郷であるイリエの町をしばしばおとずれていた。そしてイリエでの記憶をもとに、長大な小説『失われた時を求めて』を書いたのである。イリエはパリから一〇〇キロメートルほどしか離れていない小さな村であり、フランス南西部の大きな町バイヨンヌとはかなり異なっている。しかしプルーストの描いた情景は、バイヨンヌでのさまざまな場面をバルトに思い起こさせた。たとえば、祖母ベルトのお茶会のことを思い出して語りながら、「そのつづきはプルーストの小説のなかにある」と思う。そしてこう書きしるす。

バイヨンヌ、バイヨンヌ、完璧な町。川に沿って、周囲の響きよい町々の風が流れている。［……］しかし、閉じた町、小説的な町だ。プルースト、バルザック［……］。

（『彼自身によるロラン・バルト』）

晩年になると、バルトはプルースト的な小説を書きたいと切望するようになる。その理由のひとつが子ども時代の思い出にあったことは確かである。

叔母アリスのピアノの音も、忘れることのない響きであった。アリスがよく弾いていたベートーヴェンやシューマンの曲をバルトも好んで、生涯、毎日のようにピアノを弾いて楽しんでいた。旅行先でもピアノを見つけては演奏をした。一九六六年に初来日したときも、滞在した日仏学院で毎朝一時間はピアノを弾いていたという。アリスから受けついだ音楽への愛は、一九七〇年代になって、ベートーヴェンやシューマンのピアノ曲についての論考というかたちでバルトの批評活動のなかに現れることになる。

父親のいない生活は、少年ロランの感性と思考に大きな影響をあたえた。一歳にもならずに父を失ったために、彼自身に父の記憶はまったくなかった。しかも、バイヨンヌの生活のなかで父の姿が美化されて語られることもなかった。思い出話のなかに登場することさえ、ごくまれであった。父親の影がほとんど感じられない家で、少年ロランは母と祖母と叔母という女性たちに囲まれて穏やかに育ったのである。

母アンリエットはとりわけ優しくて寛容だった。「いっしょに暮らしていたあいだずっと、母はたったいちども『小言』をいわなかった」という（『明るい部屋』）。威圧的な存在も言葉も知らずに育ったロランは、そうしたものにたいする拒否感をもつようになる。その拒絶が、やがては彼の文芸批評の姿勢と結びついてゆく。たとえば一九六〇年代に彼は、作品のひとつの意味を真実として押しつける解釈を批判するのであるが、そこには威圧的なものへの拒否感が大きかった。そのようにして彼は、批評における意味の複数性や多様性を主張するようになるのである。

アンリエットは、熱心なプロテスタント信者であった。彼女が心をよせていたプロテスタ

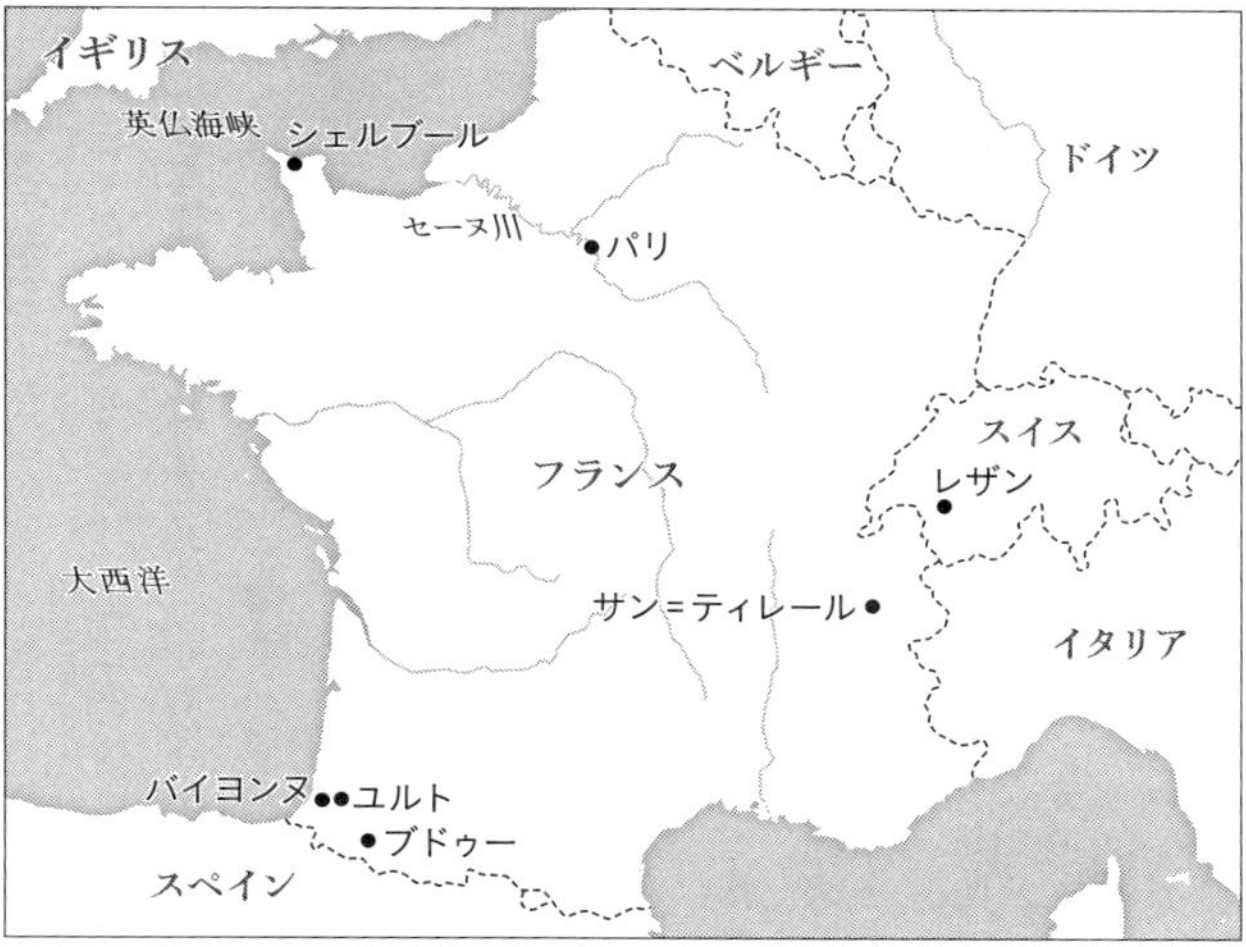

ント教会で、ロランも洗礼をうけた。カトリック国フランスにおいては、プロテスタントはきわめて少なく、人口の二パーセントほどである。したがって、アンリエットとロランは宗教的にも少数派であった。のちにバルトは、母親が「少数派にたいする好意」をもっていたことを語っているが、バルト自身もそうであった。そして文学作品の批評をするときも、とくに少数派に属する作家たちを擁護したのである。

バイヨンヌでの生活は八年間つづいた。その子ども時代は、幸せな思い出にみちていただけでなく、ロランの感性や思考の源となった。そして、のちの彼の知的活動をささえる記憶の遠景でありつづけたのである。

パリでの困窮

ロランが九歳になった一九二四年一一月に、アンリエットとロランはバイヨンヌを出てパリに移り住むことになった。その理由はわかっていない。ロランを戦争遺児として正式に認知してもらって、奨学金を得てパリの名門校で勉強させるためだったとも言われている。バイヨンヌの牧師ルイ・ベルトランが一九二〇年からパリのプロテスタント教会に移っていたので、アンリエットは心づよく思ってパリに移り住むことにしたのかもしれない。彼女にパリでの仕事を紹介したのもベルトラン牧師だった可能性は高い。

母と子は夜行列車に乗り、早朝にパリに着いた。ところが、予約をしておいたアパルトマンに行ってみると、住んでいる人がおり、ふたりは路上で途方にくれた。すると親切な人が家に招き入れて、朝食をごちそうしてくれた。そのできごとが少年ロランの記憶にふかく残り、五〇年後に『彼自身によるロラン・バルト』のなかで語ることになる。

手紙で借りる予約をしておいた家具付きアパルトマンはふさがっていた。パリの一一月の朝、トランクとかばんをかかえてグラシエール通りに立ちつくした。近くの牛乳屋のおかみさんが家に入れて、熱いショコラとクロワッサンをごちそうしてくれた。

アンリエットはパリ郊外の製本工房で働きはじめた。だが収入はすくなく、貧窮した生活がつづいた。住まいも転々とした。陰鬱な戦争未亡人寮や、ネズミの走りまわる屋根裏部屋、水道もない部屋、とつぎつぎと移り住んだ。そんなアンリエットを実母のノエミは援助しようとしなかった。ノエミ自身は、パンテオン広場に面した贅沢《ぜいたく》で広壮なアパルトマンに住んで、華やかなサロンをひらいては、作家や美術史家、科学者、政治家たちを招いて楽しんでいたのであるが。

ロランは、モンテーニュ高等中学校の第八学年（小学四年生にあたる）に転入する。モンテーニュ校は、リュクサンブール公園の南側に建ち、緑ゆたかな環境にあった。しかしロランは学校になじめず、友だちもできなかった。先生はきびしく冷淡だった。ロランはクラスの落ちこぼれになり、体調も悪くなって、学校を休みがちになった。医者に相談すると、しばらく学校に行かないほうがいいと言うので、休学することにした。六か月間ほど、ロランは学校を休んで、映画や演劇を見たり、雑誌を読んだりして、のんびりとすごした。夏休みにはバイヨンヌにもどって、以前とおなじ幸せな生活をおくった。そうして、ようやく元気をとりもどしたのである。

一九二六年秋にモンテーニュ校に復学し、第六学年（小学六年生）に進んだが、二七年一月にはふたたび休学することになる。こんどは母親のほうの問題だった。夏にバイヨンヌに滞在していたとき、アンリエットは妻子ある男性アンドレ・サルゼドと恋におち、妊娠したのである。彼女は大西洋に面したカプブルトン村で出産することになった。カプブルトンはサルゼドが住む町からもバイヨンヌからも二〇キロメートルほど離れた漁村である。当時の人口は二〇〇〇人あまりだった。アンリエットとロランはこの村に数か月間ひっそりと滞在し、二七年四月に弟ミシェルが生まれた。ロランは一一歳だった。

アンリエットは、とても知的で自由な考えをもつ女性だった。実父のルイ・バンジェがアフリカ探検家だったことも影響しているのかもしれない。しかし、妻子ある男性の子を出産したアンリエットを実母ノエミは許さなかった。バイヨンヌのバルト家の人たちも冷たくなった。サルゼドがユダヤ人であったことも、田舎の人たちの偏見と反感をつよめたようだった。実母からも義母からも勘当同然にされ、その後はアンリエットは母の家にもバイヨンヌの家にもけっして足をふみいれることがなかった。夏の休暇になると、アンリエットとロランとミシェルはあいかわらずフランス南西部に滞在したが、ロランだけがバイヨンヌの祖父母の家に泊まり、アンリエットと弟ミシェルはバイヨンヌの近郊に家を借りて、ロランがそこをおとずれるというのが習慣になった。

パリでのロランたちの生活は、経済的にいっそう厳しくなった。食べる物のない日もあった。学校の教科書が買えないこともあった。部屋代がはらえずに転居をくりかえした。こうした貧窮生活ゆえに、ロランは自分たちが社会に組みこまれていない「少数派」であるという意識をつよめたのだった。

優秀な高校生

一九二七年秋に、ロランはモンテーニュ校の第六学年に復学する。もうすぐ一二歳だった。もはや落ちこぼれではなく、優秀な生徒になっていた。とりわけフランス語や歴史が得意だった。友だちもできて、学校の前のリュクサンブール公園で楽しく遊んだりもした。

一九三〇年に、ロランはルイ＝ル＝グラン高等中学校の第三学年（中学三年生）に移る。ルイ＝ル＝グラン校は、未来のエリートたちが通う学校である。そこでもロランはつねに優秀な成績をおさめた。第三学年でも第二学年（高校一年生）でも、クラスの優等賞をとった。とりわけフランス語、ラテン語、ギリシア語、歴史、地理などの教科ですぐれた成績をのこした。彼はエリートへの道を歩みはじめたのである。

とはいえ、生活はあいかわらず苦しかった。ロランの着る服は、祖母ノエミの再婚相手のお古だった。しかし休暇になってバイヨンヌにもどると、そこでの暮らしは地方のブルジョワジーのものだった。パリでの貧窮生活と、バイヨンヌでの地方ブルジョワジーの生活。そのあいだでロランは揺れていた。

彼［バルト］はブルジョワジーの価値観はもっていなかった。［……］ブルジョワジーの生活様式だけにかかわっていた。それは金銭的危機のなかでも変わらずに続いていた。

（『彼自身によるロラン・バルト』）

バイヨンヌをおとずれるたびに、ロランはピアノを熱心に練習したので、かなり上達した。叔母アリスからは、ピアノだけでなく和声法もおそわった。休暇中に、プルーストの小説やマラルメやポール・ヴァレリーの詩を読んだりして、文学にますます魅かれていった。はじめて小説の構想を考えたのも、復活祭休暇でおとずれたバイヨンヌであった。その小説は、オーレリアンという地方ブルジョワジーの若者が主人公となっており、ロランのバイヨンヌでの生活が色濃く反映されていた。

一九三三年六月、すなわち第一学年（高校二年生）の終わりに、ロランはバカロレア（大学入学資格試験）の一次試験を受けて、合格した。一年後の二次試験に合格すれば、大学入学資格を得ることになる。彼は親友のフィリップ・ルベロールといっしょに将来の計画をたてた。バカロレアに合格したあとは、エリート教育機関であるグランドゼコールの準備クラスで二年間勉強し、それから人文系の最難関校であるエコール・ノルマルの入学試験を受けるのだ、と。ノルマル生になると、公務員として給料を受けとることができるので、貧しい家計の助けにもなるはずだった。

一次試験のあとの夏休みは、いつものようにバイヨンヌですごした。このときロランは、最初の創作テクスト「『クリトン』の余白に」を書いている。プラトンの『クリトン』のパロディーのような短いテクストであり、ラテン語やギリシア語の教育を受けた優秀な高校生らしい作品だった。

オーレリアンを主人公とした小説のほうは、放棄してしまった。ロランは一九三四年一月にバイヨンヌから親友フィリップ・ルベロールに手紙をおくって、小説を書くのはやめたと告げている。その理由は、バイヨンヌの生活にとても満足しているのでオーレリアンと祖母の葛藤の話を描くことはできないという点と、小説の新しい概念を考えているのだが、それはまだ固まっていないからという点であった。そして、今は音楽のことばかり考えており、「ディヴェルティメント」を作曲しているところだ、とも手紙に書いている。

こうして、文学と音楽の好きな、早熟で優秀な高校生の日々はすぎていった。そして、一九三四年六月のバカロレアの二次試験が近づいてきた。

II　病の日々

発病と大学生活

二次試験まで二か月となった一九三四年五月のことだった。突然、ロランは喀血《かっけつ》をした。肺結核である。受験は延期せざるをえなかった。とりあえずバイヨンヌで静養し、そのあとはピレネー山中の村で療養をすることになった。ロランは失意と焦燥《しょうそう》に苦しむ。とはいえ、九月に小康状態になったときにはパリにもどって、延期していた二次試験を受け、合格することができた。だが、それから一年間は療養をしなければならなかった。親友のフィリップ・ルベロールや友人たちはグランドゼコールの準備クラスに入って勉強にはげむというのに、である。

ロランはブドゥー村へむかった。ブドゥーはピレネー山脈西部のアスプ谷にあって、雪を頂くピレネー山脈を遠くにのぞむ静かな山村である。母アンリエットと弟ミシェルも同行し、三人で家を借りて一年間をすごすことになった。空気のよい村での生活は快適だった。ロランはピアノを借りて毎日のように弾いたり、自然の美しさを楽しんだりした。しかしパリでの学校生活のことが気がかりで、毎週、親友フィリップから届く手紙を待ちわびた。手紙で

「ソルボンヌ古代演劇グループ」の上演（右上に立つのがバルト）

フィリップと議論をしたり、彼が送ってくれた本をむさぼり読んだりした。ウェルギリウスの詩に夢中になったりもした。しかしつねに孤独感と焦燥とに苦しんだ。

一年間の療養のおかげで病気は快方にむかい、ロランは一九三五年一〇月にパリにもどってくる。しかし、グランドゼコールの準備クラスに入って厳しい勉強に耐えてゆく体力はなかった。エコール・ノルマルに進学する道はあきらめて、ソルボンヌの古典文学専攻に登録することにした。だが大学の授業は退屈だった。図書館に行ったり、菓子を食べながら友人とおしゃべりをしたりして日々をすごした。そうするうちに、友人たちと「ソルボンヌ古代演劇グループ」を創設することになる。そして三六年五月に、ソルボンヌの中庭でアイスキュロスの作品『ペルシアの人々』を上演したのだった。ロラン自身も、ペルシア王ダレイオスの役を演じている。

ダレイオスを演じながら、わたしはいつも、ひどくあがっていた。長ぜりふが二つあって、とちるおそれがいつもあったのだ。

（『彼自身によるロラン・バルト』）

アイスキュロス以外に、プラウトゥスの『アンフィトリオン』を上演したりもした。演劇に時間をついやしすぎることはあったが、ロランの大学生活はおだやかに過ぎていった。休暇になるたびにバイヨンヌに滞在して、ピアノを楽しんだ。なんどか、外国旅行にも出た。一九三八年夏には、古代演劇グループの仲間たちとギリシアを周遊する旅をしている。そして九月にパリにもどってからは、学士号をとるべく勉強にはげんだ。

そのあいだに戦争の影が近づいていた。一九三九年九月に、フランスはドイツに宣戦布告をする。友人たちは召集されていった。ロランは病歴ゆえに兵役を免除され、ビアリッツ高等中学校で代用教員として教えることになる。ふたたび母アンリエットと弟ミシェルが同行し、ビアリッツの街中に小さなアパルトマンを借りて、三人で暮らした。ビアリッツは大西洋に面したリゾート地で、バイヨンヌにとても近い。ロランは子どものころ、バイヨンヌから路面電車に乗ってよく遊びに来ていたものだ。このなつかしい町で一年近くをすごしたあと、彼は四〇年六月にパリにもどった。

音楽と文学と

パリではうれしいことがあった。音楽好きの友人といっしょに声楽を学ぼうと思いついて、敬愛するバリトン歌手シャルル・パンゼラに手紙を書き送ったのである。するとパンゼラから返事があり、無料で声楽を教えてくれるという。幸運なふたりの若者は、パンゼラから直接に教わることになった。レッスンを受けながら、ロランはパンゼラへの尊敬をふかめていった。彼の声楽だけでなく、フランス語にたいするパンゼラの考えかたに感銘をうけたのである。バルトは、三〇年ものちになって、つぎのように語っている。

今でも、クラシック音楽や自分の青春時代からかけ離れてみえる文学理論の概念を明確にしようとしているときに、自分のなかにパンゼラを見出《みいだ》すことがあります。彼の哲学ではなく、彼の教え、歌いかた、発声法、音のとらえかた、快楽の音楽だけを生みだすために心理的過剰表現を排するやりかたなどをです。[……]わたしは、言語(フランス語)とは何かを知りたくなったとき、パンゼラの『優しい歌』「フォーレ作曲」のレコードをかけるのです。

(インタビュー「答え」)

ロラン・バルトは最晩年にも、パンゼラを称賛する論考「音楽、声、言語」を書き、「言語を、フランス語を、通過するときの彼の声」が好きだと語っている。彼にとって声楽とピアノは、青年期のたんなる趣味にとどまらず、言語の問題を考えるうえで重要なものでありつづけたのである。

一九四〇年におけるロランは、音楽にかんしては幸福なときをすごしたが、大学では問題をかかえていた。彼は、まだ正式な教員免許を取得していなかったのである。ギリシア語、ラテン語、フランス文学、哲学史の学士号は取ったが、文法と文献学の学士号が欠けており、それゆえに教員免許を得ることができないでいた。そこで四一年五月に文法・文献学の試験を受けることに決めて、勉強にはげんだ。ところが、試験の当日に、祖母ベルトが亡くなったのである。ロランは急いでパリを発《た》つ。そして夏のあいだじゅうバイヨンヌにとどまった。またもや彼は、意志に反して、試験を受けることができなかったのである。

バイヨンヌでは、ひとりぼっちになった叔母アリスの話し相手になったり、いっしょにピアノを弾いたりして、叔母をなぐさめた。そのあいだも、彼は学位論文の準備をすすめていた。そして一〇月についにギリシア悲劇についての学位論文を提出し、高等研究資格免状を取得することができた。その論文にもとづいて、彼はひとつのエッセーを執筆する。「文化と悲劇」というタイトルの短い文章であり、一九四二年春に学生同人誌『カイエ・ド・レチュディアン』に掲載された。これが、活字になった、バルトの最初の論考である。こうして、回り道はしたが、彼はようやく研究者への道をすすみはじめたのだった。

ところが、一九四一年一一月に、また不幸なことが起こった。肺結核が再発したのである。ロランは山間《やまあい》のサン＝ティレール＝デュ＝トゥーヴェ村にある学生サナトリウムに入ることになった。サン＝ティレールは、パリからもバイヨンヌからもはるかに遠く、グルノーブルとアルプスのあいだに位置する小さな村である。

学生サナトリウムにて

一九四二年一月に、ロランはサン＝ティレール村に到着した。学生サナトリウムは、海抜一二〇〇メートルの高地にある。建物の背後には二〇〇〇メートルの岩山が屏風《びょうぶ》のようにそそり立ち、眼下に村の家々を見おろす。遠くには雪を頂くベルドンヌ山脈が見わたせて、とても美しいながめである。

サナトリウムでの治療は、山の清らかな空気のなかでひたすら安静にすごすことだった。日々の暮らしは、朝八時に朝食、九時から一一時まで安静、一二時に食堂で昼食、午後二時から四時まで安静、そのあと散歩や余暇、七時に夕食、九時に消灯、という日課であった。

体調があまり良くないときには、一日に一八時間も横になっていることもあった。

学生サナトリウムはグルノーブル大学の付属施設だったので、大学の教授たちが定期的に講義をおこないに来ており、文化活動はさかんであった。図書室は非常に充実していた。ロランには読書をする時間がたっぷりとあり、ジッドやカミュやサルトルなどに読みふけった。読書はすぐにかたちになった。サナトリウムには学生たちの同人誌『エグジスタンス』があり、ロランはこれに寄稿することにした。まず、一九四二年七月に「アンドレ・ジッドとその『日記』についてのノート」を発表する。かなり長い論考であり、断章、日記、固有名詞など、後年のバルトが論じるテーマの考察がすでに見られるものだった。七〇年代における「断章の人」バルトの若き声が聞こえてくるような論考である。

こうしてサナトリウムでの一年間がすぎ、ロランの病状もよくなってきた。彼は母と弟のいるパリで静養することになり、一九四三年一月にパリにもどってくる。学生街の近くにある、病後のケア施設に入った。そこから外出して、散歩したり、家族に会いに行ったりできた。ずっと気になっていた文法・文献学の学士号取得試験を受けることもできた。そして試験に合格して、教員免許を取得する。充実した学生生活がもどりつつあった。

ところが、七月にまた病気が再発する。サン゠ティレール村のサナトリウムにもどらなければならなかった。それからさらに一年半のあいだ、一九四五年二月まで、ロランはサン゠ティレールですごすことになる。

もどってきたサナトリウムで、ロランは文化活動の中心的存在になった。音楽についての講演をしたり、みなの前でピアノをひいたりした。同人誌『エグジスタンス』には頻繁に寄稿し、一年半のあいだに六つも論考を発表している。そのなかでも注目すべきなのは、一九四四年の「『異邦人』の文体にかんする考察」であろう。この論考には、のちの「零度のエクリチュール」の概念の萌芽《ほうが》が感じられる。また「〈古典〉の快楽」の論考には、七〇年代の「テクストの快楽」のきざしが見られる。そして「小説の問題にかんする『コンフリュアンス』誌の特集について」には、晩年のバルトが模索することになる小説の「わたし」の問題がかいまみられる。これらの論考を読むと、バルトの関心や問題意識が生涯変わらなかったことがわかる。彼の人生の最初期と最晩年とが結びついているかのような眩惑《げんわく》さえ感じるのである。

サン＝ティレールの学生サナトリウム

一九四五年二月に、ロランはほかの学生たちとともに、スイスのレザン村のサナトリウムに移ることになった。レザンはレマン湖に近く、空気がとても清澄《せいちょう》な場所であり、多くのサナトリウムが建てられていた。レザンに移ってからのロランは体調もよくなり、読書に没頭することができた。たくさんの本を読んだが、とりわけ十九世紀の歴史家ジュール・ミシュレの著作に夢中になった。熱心に細かく読んで、気に入った文章や、くりかえされる表現を小さなカードに書きうつしていった。カードは一〇〇〇枚以上になったという。

このときから、カードにメモを書きとめて、そのカードを分類し、そこから論文や本を生みだしてゆく、というバルト独自の方法が生まれたのである。彼はそのカード法を生涯つづけることになる。

スイスからパリへ

レザンのサナトリウムで同室になったのは、ジョルジュ・フルニエという若者だった。フルニエは、トロツキストで、レジスタンスの活動家だった。ロランはこのフルニエと気が合い、たえず議論をして、マルクス主義について学んでいった。サルトルに夢中になったのもこのころである。一九四五年一〇月に『レ・タン・モデルヌ』誌が創刊されて、サルトルによる「創刊の辞」を読んだロランは大いに感動する。

第二次大戦終結のとき、［……］わたしはサルトル支持者であり、マルクス主義者でした。文学形式を「社会参加」させようとしていたのです。（インタビュー「答え」）

サルトルはこの「創刊の辞」や三年後の著作『文学とは何か』などにおいて、「社会参加」について語っている。サルトルが主張したのは、行動の「社会参加」であり、作品内容の「社会参加」であった。だが、ロランは文学形式の「社会参加」のことを考えていた。そしてそれが、数年後に「エクリチュール」という概念として形づくられることになる。

こんなふうにして、レザンのサナトリウムでの日々はすぎていった。肺結核も、すこしずつ治癒してゆく。そして一九四六年二月に、とうとうロランはサナトリウムを出てもよいという許可を得る。彼は二月末にいったんパリにもどる。母アンリエットと弟ミシェル、友人たちに再会したのち、パリの東四〇キロメートルほどにあるヌフムティエ＝アン＝ブリ村のケア施設に入った。そこで社会復帰前の経過観察期間をすごすことが義務づけられていたのである。

一九四六年九月に、ロランはついにパリにもどってきた。肺結核を発病してから、一二年以上の年月が流れていた。あまりにも長い回り道であった。ロランは、もうすぐ三一歳になろうとしていた。

第一章　文学の道へ——一九四六〜一九五六年

I　批評家デビュー

最初の新聞論文

一九四六年九月にパリにもどったロランは、母と弟の住むセルヴァンドニ通りのアパルトマンに落ち着いた。セルヴァンドニ通りはパリ六区にあり、荘厳なサン＝シュルピス教会と緑ゆたかなリュクサンブール公園とをむすぶ静かな小路である。好きな界隈《かいわい》で家族とともに暮らせることがロランにはうれしかったが、将来についての不安も大きかった。一家の生活はあいかわらず苦しく、できるだけ早く仕事を見つけなければならなかった。そんなときに親友フィリップ・ルベロールから手紙が届いた。フィリップは外交官としてルーマニアのブカレストに赴任しており、ブカレストの図書館員の仕事をロランに紹介してくれるというのである。ルーマニアに出発するのは約一年後になりそうだとのことだが、とにかく仕事が決まって、ロランはほっとした。

これで文学の勉強に集中することができる。ロランは、サナトリウムで熱中したミシュレ研究を博士論文として仕上げたいと考えた。そして博士論文の指導教授も決まり、ソルボンヌの博士課程に登録した。それからは、サナトリウムで書きためた一〇〇〇枚以上のカードをさまざまなテーマ別に分類してゆく作業に入った。

そんなとき、レザンのサナトリウムでの友人ジョルジュ・フルニエに再会したのである。フルニエの紹介で、ロランはモーリス・ナドーに会うことになった。ナドーは、当時の有力な新聞『コンバ』紙の文芸主幹をしていた。『コンバ』紙は、カミュやサルトルやマルローも執筆陣にくわわっていた権威ある新聞である。ナドーから、「『コンバ』紙の文芸欄になにか書いてみませんか」と提案されて、ロランはナドーに二本の論文を見せた。そのひとつが「零度のエクリチュール」だった。のちに刊行される著書『零度のエクリチュール』の一部をなすことになる論文である。奇妙なタイトルをもったこの難解な論文は、一九四七年八月一日付の『コンバ』紙に掲載されることになった。ナドーは、新聞の読者のために短い前書きをつけて発表した。

ロラン・バルトは無名の若者である。これまで一編の論文も出版したことがない。だが彼と話してみて、われわれは確信した。この言葉のマニアは、なにか新しいことを言おうとしているのだと［……］。

論文は難解で、読者にとっては理解しづらいものであった。しかしとにかく、このときにロラン・バルトが新聞紙上にデビューしたのである。

ブカレストとアレクサンドリア

秋になると、バルトはルーマニアに発《た》つ準備にとりかかった。一九四八年一月一日付でブカレストのフランス学院の図書館員として赴任するように、という辞令がおりたのである。彼は四七年一二月に母アンリエットとともに出発した。親友のフィリップ・ルベロールがフランス学院の院長として学院の建物内に住んでいたので、バルトたちもその二階に住むことにした。ブカレストでの生活は楽しく快適であった。バルトは講演をしたり、フランス語を教えたり、小さなピアノコンサートをひらいたりした。当時の写真がのこされている。学院の庭だろうか、木陰で一〇人ほどの女子学生にかこまれてバルトとアンリエットが腰かけており、いかにも楽しそうだ。

ところが、バルトたちがブカレストに着いた直後の一九四七年一二月末に、国王ミハイ一世が退位して、ルーマニアは共産党独裁の社会主義国となっていた。フランスとルーマニアの関係は、すこしずつ疎遠になり、やがて険悪になった。フランス学院に出入りしていたルーマニア人たちもだんだんと遠ざかっていった。

ブカレストで学生たちといっしょに（後列、右から４人め、アンリエットは前列、右から２人め）

一九四九年に入ると、フランス人はスパイ扱いされるようになり、フランス学院の職員たちはつぎつぎと追放された。三月には院長のフィリップ・ルベロールも帰国し、七月末にはほとんどの職員が退去させられた。バルト自身も九月にパリにもどることになる。

フランスに帰国すると、フィリップがバルトのために新しい赴任先を用意して待っていた。生活費をかせぐためには、定職のないフランスにとどまるよりも、外国に赴任するほうがバルトにとっては望ましかったからである。ルーマニアから帰った二か月後の一九四九年一一月に、彼はさっそくエジプトのアレクサンドリアへ向かうことになった。アレクサンドリア大学でフランス語を教える外国人講師としてであった。こんどは母をともなわずに、たったひとりで出発した。

当時のアレクサンドリアでは、フランス文化がひろく受け入れられていた。知的なエジプト人たちはフランス語を話し、子弟をフランス人学校に入れることを望んだ。街中には、アラビア語とならんでフランス語の表示があふれていた。フランス人たちは、フランス語だけで不自由なく生活することができたのである。バルトはフランス人だけとつきあって暮らすようになる。そしてフランスから派遣されていた言語学者A・J・グレマスと親しくなった。グレマスは、当時はアレクサンドリア大学で助教授としてフランス語史を教えていた。ふたりは毎日のように議論しあった。グレマスの影響で言語学に興味をもつようになったバルトは、ミシュレについての自分の博士論文の内容に迷いをもちはじめる。ミシュレ研究をやめて語彙論についての論文を書こうかと考えるようになる。

バルトは、アレクサンドリア大学でフランス語を教えていたにもかかわらず、肺結核の病歴ゆえに、正式な外国人教師の資格をエジプト政府からあたえられずにいた。そんなことへの不満もあったし、研究に必要な本が手に入らないことへの焦りもあった。バルトはアレクサンドリアを離れたいと思うようになり、一九五〇年六月にパリにもどってきてしまう。アレクサンドリアには半年あまりしか滞在しなかったのである。

帰国したバルトは、またもや友人フィリップ・ルベロールの紹介で、こんどは外務省の文化交流総局に勤めることになった。その後、ケンブリッジ大学やボローニャで外国人講師になる話もあったが、すべて断った。レバノンへ行く話だけは乗り気になったが、ほかの候補者に決まってしまった。結局、バルトはパリから動くことはなかった。

本づくりの作業

アレクサンドリアから帰国してすぐに、彼はモーリス・ナドーと三年ぶりに再会した。そして、ふたたび『コンバ』紙に寄稿をはじめる。一九五〇年六月末から一〇月にかけて、書評をいくつか掲載したあと、一一月からは「現実的言語のために」というシリーズの連載をはじめた。まず一一月に、「ブルジョワ的エクリチュールの勝利と破綻」「文体の職人」「エクリチュールと沈黙」の三編を掲載した。一二月には、「エクリチュールと言葉」「エクリチュールの悲劇的な感情」の二編を、翌五一年の夏には、「物語の時制」「小説の三人称」の二編を発表する。こうして、七編の論文と、一九四七年に発表した「零度のエクリチュール」の、計八編がそろったのである。

バルトは友人にめぐまれていた。

デビューという肝心なことをわたしがなしえたのはナドーのおかげです。彼以外にふたりの人物がこれらの初期の論文に興味をもって、本にしないかと言ってくれました。レーモン・クノーとアルベール・ベガンです〔……〕。（インタビュー「答え」）

友人たちの力添えによって、八編の新聞論文は一冊の本に生まれかわることになる。そしてスイユ社から、最初の著書『零度のエクリチュール』が出版されることが決まった。過去の新聞論文をあつめて本を作るといっても、その作業は複雑だった。八編をそのまま本に収めるわけにはいかず、削除すべき部分がかなりあった。それぞれの論文を解体して、再編成もしなければならなかった。加筆すべきところもかなり多かった。語句の訂正も必要だった。八編の論文を、解体・削除・再編成・訂正・挿入・加筆することによって、なんとか、序論と一〇章からなる本『零度のエクリチュール』ができあがったのである。

このように複雑な作業が必要になったのは、当時のバルトがいろいろな意味で変化の途上にあったからだった。イデオロギー的にも、文学理論においても、そして文体そのものも、大きく変化しつつあった。たとえば一九四七年の新聞論文をみると、サルトルへの称賛がかなり目だつし、マルクス主義の用語も直接的につかわれている。一九四〇年代後半のバルトはサルトル支持者でありマルクス主義者だったからである。だが、一九五二年ごろになるとサルトルにたいしてもマルクス主義にたいしても距離をとるようになっていたので、過度の称賛を削除する必要が生じたのだろう。

また、小説家レーモン・クノーを賛美した箇所もかなり削除されている。一九四〇年代後半のバルトはクノーの実験的な書きかたに感嘆していた。しかし五〇年代になると、クノーの前衛性はひろく認められるようになり、クノーは文学界の権威になりつつあった。バルトはあいかわらずクノーを高く評価し、個人的にも親しくしていたが、「少数派」の側に立つことを望むバルトとしては、ことさらクノーを賛美する必要はなくなったと感じたのだろう。

「エクリチュール」という重要な概念さえも、新聞論文を書いた時点では明確に定まっていなかった。ときには「文体」との区別さえ曖昧であった。バルト自身の文章の書きかたにしても、重要な言葉を大文字やイタリックにするという彼の方法はまだ定着していなかった。それらすべてを整えて、本を作り上げなければならなかったのである。

ロラン・バルトの最初の著書『零度のエクリチュール』は一九五三年春にスイユ社から出版された。本が出たときにバルトが感じたのは、喜びよりもむしろ恐れであったという。本の内容には確信をもっていたが、印刷された言葉の力に空恐ろしさを感じずにいられなかった。このときの気分をのちになって次のように語っている。

突然、言葉の力が途方のないものに思われて、言葉の責任をもちきれないように思うのです［……］。

『零度のエクリチュール』以来［……］、わたしが愛することに——もちろん同時に憎むことに——決めたのは言語なのです。つまり、言語にたいする完全な信頼と完全な不信です。

（インタビュー「答え」）

バルトは、最初の著書を刊行したときにすでに、言語への恐れと愛と憎しみを知り、その思いとともに批評家の道に入ったのだった。

「エクリチュール」とは

一九四八年にサルトルは『文学とは何か』のなかで、作家は作品の内容によって「社会参加」すべきであると主張した。それにたいしてバルトは、文学形式こそが作家の自由と責任と倫理とをあらわすと『零度のエクリチュール』で述べている。それを説明するために、彼は「言語（ラング）」「エクリチュール」「文体」の三つの概念をもちいた。

バルトによると、「言語」とは、その時代のあらゆる作家に共通した規則や慣習の総体である。「文体」とは、ひとりの作家の身体や過去から生まれた語り口やイメージである。人間の身体にたとえるならば、「言語」は身体の一般的な構造であり、「文体」は個人の身体の特徴である。人はどちらも自由にえらぶことはできない。だが「エクリチュール」は、作家みずからが責任をもってえらびとる表現形式や言葉づかいであって、身体にまとう衣服のようなものである。時代や社会によって制限はされるものの、人は自分の主張や好みにおうじて自由にえらびとることができるのである。

この「エクリチュール」の意味は、ひろく流布し、定着していった。そしてフランス語辞典にも記載されるようになる。たとえば『ロベール仏語大辞典』の「エクリチュール」の項目をみると、「作家がもちいる形式の社会的使用にかんする実践であり、言語とは別のもの」という定義が「一九五三年、バルト」という注記とバルトの例文とともに記載されている。バルトが作りだした「エクリチュール」の新しい意味はフランス語のなかに定着したのである。ところが、彼自身のほうはそれ以後、「エクリチュール」の意味をたえず変化させてゆくことになる。一九七一年に、彼はつぎのように語っている。

『零度のエクリチュール』では、エクリチュールはむしろ社会学的な、とにかく社会言語的な概念でした。［……］国民の体系である言語と、主体の体系である文体とのあいだにあるものです。そして、新しい理論においてはむしろ、かつてわたしが文体と呼んでいたものの位置をしめることになるでしょう。

（インタビュー「答え」）

すなわち、バルトにとっての「エクリチュール」は、一九四〇年代後半には「文体」との区別すら曖昧なものであったが、五三年には「文体」とは明確に異なるものとして定義され、七〇年代になると螺旋《らせん》をえがくようにして「文体」の近くにもどってきたということである。その後も彼は「エクリチュール」の意味を自在にひろげ、変化させていった。書く行為、書きかた、書かれたもの、といった単純な意味でもちいることもあった。晩年には、文学を生みだす原動力という意味でもちいることもあった。

『零度のエクリチュール』のなかで、バルトはつぎのように書いていた。

たしかにわたしは今日、しかじかのエクリチュールをえらびとり、その行為によってわたしの自由を断言し、斬新なエクリチュールや伝統的なエクリチュールを望むことができる。だが、すこしずつ他人の言葉やわたし自身の言葉の囚《とら》われ人にならずには、もはやエクリチュールを持続的に展開することはできないのだ。［……］したがって、エクリチュールは「自由」としては一瞬のことにすぎない。

自由にえらんだはずのエクリチュールも、やがては固まってしまう。だが「エクリチュール」という言葉は固まらないようにしたい。バルトはそう考えたのだろうか。あるいは、「エクリチュール」にたいして持ちつづけた強い思いが、「エクリチュール」にゆたかな広がりをあたえたのかもしれない。

幼いときに父を亡くしたバルトは、威圧的な存在や言葉を知らずに育ち、そうしたものへの反感をもっていた。したがって、なにかが「自然」なものとして当然のように押しつけられると、それを敏感に見抜き、拒絶せずにいられなかった。そのことが『零度のエクリチュール』の本には表れている。「自然」にたいする嫌悪と恐れが随所にみられるのである。たとえば、自分のエクリチュールを作ろうとする作家の悲劇について次のように語る。

［……］作家は、自分がしていることと見ていることとのあいだの悲劇的な相違に気づく。目の前では市民世界が、今やほんとうの「自然」を形成し、その「自然」が語り、現用の言語を作りあげているが、作家はそこから閉め出されているのである。

そのように威圧的な「自然」に対抗するものとして彼が思いついたのが、「零度」という概念だった。これはもともとは言語学の用語であり、ふたつの対立する項のあいだの中性の項をさす。どちらの項にも与《くみ》しない自由な項でもある。バルトはこの「零度」を、「中性」「白い」「無垢《むく》な」などと言いかえて用いたりもしている。

しかし、白ほど汚れやすいものはない。「零度」も「エクリチュール」も一瞬の自由にすぎない。だがそれでも求めずにはいられない。そのようなユートピアを夢みる気持ちが「零度のエクリチュール」という表現にこめられているのである。

II 歴史と演劇と

一九五三年のできごと

『零度のエクリチュール』を出版するすこし前から、バルトは『コンバ』紙だけでなく『エスプリ』誌にも論考や書評をのせるようになっていた。バルトを引き立てて、スイユ社に紹介してくれたアルベール・ベガンが『エスプリ』誌の編集長だったからである。また、一九五二年一一月から、バルトは国立科学研究センターの研修員として給費を受けられることになった。そこで彼は外務省の文化交流総局の仕事を辞職する。研究に専念して、語彙論についての博士論文を書こうと思ったのである。そんなときに、『零度のエクリチュール』が出版された。本の反響は大きかった。さまざまな書評で好意的に取りあげられ、バルトは気鋭の批評家として活動をひろげてゆくことになる。彼は三七歳になっていた。

恩義あるモーリス・ナドーはしばらく前に『コンバ』紙を辞職していた。そして一九五三年に『レットル・ヌーヴェル』という月刊文芸誌を創刊する。もちろんバルトも協力を約束した。そして一九五三年三月の創刊号から一九五九年まで、バルトは常連執筆者としてしばしば寄稿することになる。

一九五三年には、バルトにとって重要な、もうひとつの雑誌が創刊されている。隔月刊誌『テアトル・ポピュレール（民衆劇場）』である。創刊の準備の段階でバルトに声がかかった。彼がナドーの『レットル・ヌーヴェル』誌の創刊号に書いた論考が、国立民衆劇場で上演された『ホンブルクの公子』の劇評だったことが目をひいたのである。演劇が好きだったバルトは、『テアトル・ポピュレール』誌の執筆者になることをよろこんで承諾した。

『テアトル・ポピュレール』誌の創刊号は、一九五三年五月に出された。この第一号には、バルトはストラヴィンスキーのオペラについて、ごく短い批評を書いただけだった。執筆のための時間があまりなかったようである。そのかわりに七月刊行の第二号には、「古代悲劇の力」という長い論考を掲載している。ギリシア悲劇についてのかなり専門的な論考であった。バルトはかつて、一七年前の学生時代に、「ソルボンヌ古代演劇グループ」を創設して、アイスキュロスやプラウトゥスの作品を上演していた。その五年後の一九四一年には、ギリシア悲劇についての学位論文を書いた。活字になった最初のエッセーは「文化と悲劇」だった。それから一〇年あまりがすぎ、彼が『テアトル・ポピュレール』誌のために力をこめて書いた演劇論は、やはりギリシア悲劇についてであった。バルトの演劇好きの根底には、つねにギリシア悲劇があったのである。

この年の夏に、バルトのもうひとりの祖母ノエミが亡くなった。アンリエットとバルトは、ノエミの遺産の整理と相続という厄介な問題に取り組まねばならなくなる。バルトたちの生活はあいかわらず苦しく、彼の国立科学研究センターの給料だけでは三人の生活費には不充分だったので、彼らはとにかく現金を必要としていた。だが、遺産相続はさまざまな問題に時間をとられるばかりで、まったく進展しなかった。一〇月に、とりあえずバルトとアンリエットはパンテオン広場にある祖母の豪壮なアパルトマンに引っ越してみた。しかし、ブルジョワ趣味でだだっ広いアパルトマンがどうしても好きになれず、数か月でセルヴァンドニ通りの小さなアパルトマンに舞いもどってくる。

このようにして、一九五三年はすぎていった。この年は、いろいろな意味でバルトにとっての大きな転換点の年だった。そして何よりも、批評家ロラン・バルトが誕生した年だったのである。

ミシュレの本

数か月間だけ住んだパンテオンのアパルトマンで、バルトは著書『ミシュレ』の原稿の仕上げをした。原稿の何ページかが、パンテオンの住所がレターヘッドになったレターペーパーに書かれていることが目をひく。

バルトが歴史家ジュール・ミシュレにのめりこんだのは、学生サナトリウムで療養していたときだった。ミシュレの名を知ったのはもっと早くてパリでの学生時代であり、ミシュレの文章を読んで心魅かれた。ミシュレの歴史観にではなく、彼のエクリチュールにである。そしてサナトリウムでは時間がたっぷりあったので、膨大なミシュレ作品のほとんどを読み、メモをカードに書きとめていった。社会復帰前にすごしたヌフムティエの施設でも熱心に読みつづけた。パリにもどると、ミシュレについての博士論文を書きたいと考えるようになる。そして一九四七年春には博士論文の指導教授も決まった。ルーマニアに赴任したときも、研究資料をブカレストに持って行き、研究をつづけようとした。アレクサンドリアに行ったときも、である。

ところがアレクサンドリアで言語学者A・J・グレマスと親しくなったことで、言語学に興味をもつようになる。方法論で迷ったすえに、一九五〇年にはミシュレについての博士論文を書くことを放棄してしまった。そして一九五二年末に国立科学研究センターの研修員になったときには、博士論文のテーマは語彙論に変わっていたのである。

とはいえ、好きなミシュレについて何かを書きたいという気持ちに変わりはなかった。一九五一年春の『エスプリ』誌に、「ミシュレ、〈歴史〉そして〈死〉」という長い論文を発表する。これがスイユ社の編集者の目にとまって、スイユ社刊行の「永遠の作家」叢書《そうしょ》の一冊を書いてみませんかという提案を受ける。バルトはもちろん、ミシュレをテーマにえらんだ。したがって、『零度のエクリチュール』よりも早い時期に、『ミシュレ』の本の注文を受けていたのである。

バルトは、ミシュレについて書きとめておいた一〇〇〇枚以上のカードをテーマごとに細かく分類していった。そんなふうにして、ごく自然にテーマ批評にたどりついたのである。『ミシュレ』の序文でつぎのように述べている。

まず、この男［ミシュレ］に一貫性をもどしてやらねばならない。［……］すなわち、ひとつの存在（ひとつの人生ではなく）の構造を、つまりテーマ体系を、あるいはこう言ったほうがよければ、固定観念によって編まれた網を、見つけだすのである。

この「固定観念によって編まれた網」こそがテーマ体系である。バルトはミシュレの歴史観や思想ではなく、作品中に遍在する特別な言葉やイメージを集めていった。そして、「鉱物性」「笑い」「オランダ舟」などのテーマを見つけ、それらをさらに「乾いたもの」「豊饒《ほうじょう》なもの」「熱いもの」といった大テーマに分類してゆく。

テーマは反復する。すなわち著作のなかで繰りかえされるのだ。［……］テーマは歴史に抵抗しているということを理解せねばならない。

人間の身体はそれ全体で、直接的な判断なのである。その価値は存在的な次元のものであって、知的な次元のものではない。ミシュレは、自分の嘔吐《おうと》感によって断罪するのであり、自分の主義主張によってではない。（『ミシュレ』）

歴史の外にあって、身体からにじみでるものである「テーマ」は、ミシュレの「エクリチュール」ではなく、むしろ身体的な「文体」のなかにあると言える。それゆえこの本は、ミシュレの身体感覚や意識に溶けこもうとする幸福感にみちている。このような批評は、ミシュレを好きだったからこそ可能になったのだろう。

バルトは、晩年になっても、この『ミシュレ』の本につよい愛着をもっていた。一〇年近くの時間をかけて、愛情をこめて執筆した本である。しかも、身体、快楽、断章形式といった、後期のバルトが関心をもつことになる諸問題が美しい萌芽《ほうが》を見せている。生涯変わることのないバルトのすがたがくっきりと見えているのである。『零度のエクリチュール』においては言語への恐れが影を落としていたとすれば、この『ミシュレ』には言語への愛がみちているのである。

しかし、一九五四年春にこの本が出版されたとき、雑誌や新聞の反響は小さかった。批判さえあった。『零度のエクリチュール』を称賛した人たちも、『ミシュレ』には冷たかった。偉大な『フランス史』の著者ミシュレにたいして、その歴史観ではなく文体の点から分析しようとする批評が受け入れ難かったのであろう。また、ひとりの歴史家にたいして、彼の「テーマ」は歴史に抵抗していると言うことや、それらの「テーマ」がミシュレの文体を愛する人にしか理解できないものであるということも、読者の無理解の原因だったのだろう。それゆえ『ミシュレ』は、バルトの生前においても、現在もなお、彼の著作のなかでもっとも言及されることの少ない本となっている。

ブレヒト演劇に魅せられて

二冊の著書を出したり、『レットル・ヌーヴェル』誌や『テアトル・ポピュレール』誌に寄稿したりしているあいだに、月日はすぎていった。語彙論の研究はまったく進まなかった。そして一九五四年に、国立科学研究センターの給費を打ち切られてしまったのである。バルトは生計のために、『テアトル・ポピュレール』誌の編集を担当し、その出版元のラルシュ社の文芸顧問にもなった。ほかの雑誌にも積極的に執筆することにした。それゆえ彼の演劇論や劇評の数は急速にふえていった。執筆数は、一九五三年には七本だったのが、五四年には二二本、五五年には二四本となっている。

演劇批評の数がふえたのは、生計のためだけでなく、もうひとつの大きな理由があった。一九五四年六月にひらかれたパリ国際演劇祭で、ベルリナー・アンサンブルがベルトルト・ブレヒトの『肝っ玉おっ母』を上演したのである。それを観たバルトは衝撃をうけた。バルトはつねづね、俳優の感情過多の演技で観客を舞台に巻きこんで感動させようとする「同化」の演劇を批判していた。ブレヒトもまた、そのような「同化」の演劇を否定しており、観客が舞台から距離をたもって客観的にながめる「異化」の演劇を主張していたのである。バルトは、論考「ブレヒト的革命」のなかで、「観客が感動すればするほど、観客が主人公と一体化すればするほど、［……］俳優が役になりきればなりきるほど、優れた演劇である」とされている演劇の現状を嘆いたあとで、ブレヒトの主張をつぎのように紹介する。

観客は、なかばしか芝居に入りこむべきではない。芝居で見せられていることを受け入れるのではなく、「認識する」ようにしなければならない。俳優は役になりきるのではなく、自分の役を告発することによって、その意識を生みだすべきである。観客は主人公に完全に一体化するのではなく、主人公の苦悩の原因と、そして打開策をつねに自由に判断できるようにすべきなのである。

（「ブレヒト的革命」）

バルトはブレヒト演劇に心酔する。そして『テアトル・ポピュレール』誌のなかでブレヒトの擁護をしてゆこうと考えて、毎号のようにブレヒト論を書くことにした。『テアトル・ポピュレール』誌の第一一号（一九五五年一月）はブレヒト特集にあてられ、バルトが巻頭言を書いた。しかしその特集号は、演劇評論家たちの反発をよんだ。ブレヒト演劇を称賛して、現代フランス演劇を批判している、という感情的な反感であった。それにたいしてバルトは次の号で、「ブレヒトはわれわれを夢中にさせるのだ。どうしてそれを隠す必要があっただろうか。とにかくわれわれは取り組み始めただけなのだ」と答えた。

一九五五年六月のパリ国際演劇祭にもベルリナー・アンサンブルが参加し、ブレヒトの『コーカサスの白墨の輪』が上演された。半年前の論争によって、ブレヒトに興味をもつ人たちがふえ、観客たちは興奮した。たんなる流行による熱狂にすぎないとバルトにはわかっていたが、とにかく劇評を書いてブレヒトを称賛した。

『白墨の輪』は全面的に成功した。誤解にもとづく賛美がなかったわけではないが、そんなことはどうでもいい。重要なのは、ブレヒトとベルリナー・アンサンブルが、二度めにしてパリの大観客を魅了したことである。（「劇評『コーカサスの白墨の輪』」）

とりあえず論争はおさまる。『テアトル・ポピュレール』誌の出版元のラルシュ社からは、『ブレヒト演劇全集』全一二巻の刊行もはじまった。

ブレヒトを称賛することと反比例するように、バルトはギリシア悲劇から遠ざかることになった。かつての彼がギリシア悲劇に熱心に取りくんだのは、その特異性や独創性や崇高性を表現したいと思ったからであった。そのためには、古代の形象を歴史的に正確に、しかも現代の美学のなかで上演することによって、距離の効果を生みだす必要があると考えていた。ところが一九五〇年代のフランスでは、ギリシア悲劇の上演もが「同化」の演劇になっていた。バルトは一九五五年九月に長い劇評「古代をどのように上演するか」を書き、ジャン＝ルイ・バローによる『オレスティア』の誇張的な俗悪さをきびしく批判した。こうして彼はギリシア悲劇から遠ざかってゆくことになる。

一九五六年八月に、ブレヒトがベルリンで急死する。そのときから、バルトは演劇そのものに距離をとりはじめる。一九五六年に発表した演劇論の数は、一九五五年にくらべると半減して一二本になる。しかもそのうちの九本は、ブレヒトの死の前に書かれたものだった。一九五七年はさらに減少して、わずか七本である。そのなかの論考「出会いはまた闘いでもある」のなかで、バルトはパリ国際演劇祭によってベルリナー・アンサンブルを発見したことへの感謝をあらためて語っている。

パリ演劇祭がわたしにもたらしたのは、多様な豊かさではなく、それどころか、ひとつの選択をするようにと迫る激しい圧力であり、自分自身の変化であり、情熱だったと言えるだろう。ベルリナー・アンサンブルを経験し、「真摯な」演劇を「発見した」ことで、わたしはほかの大多数の演劇にたいして真剣に異議をとなえざるをえなくなったのである。

このように書いたバルトが、ブレヒト亡きあとに演劇から遠ざかってしまうのは自然のなりゆきだったのだろう。一九五八年からは、演劇論の数はさらに減ってゆくことになる。

後かたづけと新生活

バルトが演劇から離れてゆくのと呼応するように、『テアトル・ポピュレール』誌も衰えをみせていた。一九五八年には隔月刊行がむずかしくなり、五九年には季刊誌にならざるをえなかった。年六回の刊行から年四回へ。衰退してゆく雑誌にバルトは友情をしめした。五九年には毎号に執筆しているが、その年に彼が書いた演劇論はほとんどそれだけであった。のちになって彼は語っている。

ひとたびその［ブレヒトの］演劇を明確に知ってしまうと、ほかの演劇を好きになったり頻繁に観に行ったりすることがわたしには難しくなりました。

（インタビュー「答え」）

こうして、バルトの演劇への愛好は一九六〇年に完全に終わることになる。実際には、ブレヒトが亡くなった一九五六年に終わっていたとも言えるだろう。

バルトが深くかかわったもうひとつの雑誌、『レットル・ヌーヴェル』の状況は逆であった。一九五三年に月刊誌として創刊されて以来、質の高い文芸誌という評価が定着して、部数をのばしていた。のちの一九五九年には、週刊誌として一新して、読者層をひろげることになる。

バルトは一九五三年の創刊号で常連執筆者になり、つねづねモーリス・ナドーから、定期的に時評を書いてほしいと頼まれていた。そして一九五四年一一月から「今月の小さな神話」という連載をはじめた。「今月の小さな神話」は、タイトルのついた短い時評を何編か集めたものが一回ぶんである。最初の月は、「火星人」「貴族のクルージング」「聾にして盲目の批評」「石鹸《せっけん》と洗剤」「貧しき者とプロレタリア」の五編が掲載された。連載は、ほとんど毎月、一年半のあいだ続き、時評はかなりの数にのぼった。それらをまとめて出版する話がもちあがり、バルトはその準備をしなければならなかった。

そうした多忙にもかかわらず、バルトは博士論文を書く望みをまだ捨てずにいた。語彙論の研究が進まなかったために一九五四年に国立科学研究センターの給費を打ち切られたのだったが、一年後に状況が好転する。歴史学者リュシアン・フェーヴルと社会学者ジョルジュ・フリードマンの支援があって、一九五五年一〇月にふたたび国立科学研究センターにもどることができたのである。こんどは、社会学部門の補助研究員としてである。そこでバルトは、社会学の博士論文を書こうと漠然と考えはじめる。

一九五三年に祖母ノエミが亡くなってから続いていた遺産相続の問題も、二年をかけて、ようやく一九五五年春に解決した。手にした遺産で、バルトたちは住み慣れたセルヴァンドニ通りにアパルトマンを買うことができた。六階のアパルトマンと、その真上の屋根裏部屋を買い、屋根裏部屋をバルトの書斎にすることにした。そして工事をして、下階のアパルトマンと屋根裏部屋とを揚げ戸とはしごとで結ぶようにした。すると外の廊下と階段をつかわずに移動ができるようになり、仕事は屋根裏部屋で、食事やおしゃべりは六階で、と気楽な独立性をたもつことができた。こうしてバルトははじめて、自分の書斎を持ったのである。

一九五六年の夏は、彼にとって、さまざまな新旧のできごとが交差した時期だったと言えるだろう。一九五三年から熱心にかかわった演劇からは離れようとしていた。著書を出す仕事としては、「今月の小さな神話」の時評の連載を終えて、それを『現代社会の神話』の本として仕上げつつあった。それは、『零度のエクリチュール』と『ミシュレ』における文学的な考察から、時事問題の社会学的な分析への移行を意味していた。その変化は、彼が書こうとしていた博士論文にもあらわれた。一九五〇年にはテーマをミシュレから語彙論に変えたが、一九五六年には社会学的なテーマを具体的に検討しはじめたのである。

現実の生活も大きく変わった。バルトはそれまで、あまりにもしばしば住まいを変えてきた。出生地のシェルブールから、バイヨンヌ、そしてパリへ。大西洋岸のカプブルトン村やビアリッツに住んだこともあった。パリのなかでもアパルトマンをつぎつぎと変えた。肺結核の療養のために、ブドゥー、サン＝ティレール＝デュ＝トゥーヴェ、レザン、ヌフムティエと、転々とした。それからブカレストとアレクサンドリア。一九五〇年にパリにもどってからはセルヴァンドニ通りに住んだが、賃貸の小さなアパルトマンだった。四〇年間もさまよいつづけたすえに、バルトはようやく自分の家を、自分の書斎を、手に入れたのである。その後は、彼はこのセルヴァンドニ通りのアパルトマンをけっして手ばなすことはなかった。

第二章　記号学の冒険——一九五六〜一九六七年

I　神話から言語学へ

自然らしさの神話

バルトが『レットル・ヌーヴェル』誌に連載した「今月の小さな神話」は、一九五六年五月に終了した。一年半のあいだに書かれた「神話」は六二編にのぼり、それらをまとめて本にすることになった。バルトは「神話」の取捨選択をしたり、二編をひとつに合わせたりして、本に入れる四八編をえらびだした。さらに、連載をはじめる前や他誌などに発表していた五編もくわえた。こうして五三編の「神話」が選定され、一九五七年初めに『現代社会の神話』（あるいは『神話作用』）として刊行されることになった。

「今月の小さな神話」という時評を連載した理由について、バルトはこう述べている。

この考察の出発点は、ほとんどの場合、「自然なこと」を目にしたときのいらだちの感情であった。［……］時事的な言述において「自然」と「歴史」とがたえず混同されているのを見て、わたしは苦しかった。「自明のこと」として飾りたてられて提示されているもののなかに隠されていると思われるイデオロギーの濫用《らんよう》をとらえてみたかったのである。

（『現代社会の神話』）

多くの人が無意識のうちに信じこまされて、「自然なこと」として目に映るようになっているものをあばきだすこと。「神話」とは、自然らしさをよそおった社会現象であり、自然らしさを生みだす体系でもあるのだ。

たとえば「ヴァカンスの作家」という「神話」がある。ある日の『フィガロ』紙にヴァカンス中の作家たちの写真が掲載されて、そのなかにアンドレ・ジッドがコンゴの奥地を旅行しながらボシュエの著作を読んでいる写真があった。これを見てバルトは思う。作家も労働者とおなじようにヴァカンスをとるという平凡なイメージと、作家はヴァカンス中でも本を読んで作家活動をしているという天職のイメージとが結びつけられている、と。そして作家が生焼けのステーキが好きだなどという労働者的な面を見せれば見せるほど、そのように卑俗な人が偉大な作品を生みだしているのだという奇跡がつよめられる。つまり、作家の大衆的な面を見せるのは、その作家を大衆に近づけているようでありながら、じつは作家の天職の高貴さをかかげて、作家を神聖化しているのである。

作家がヴァカンス中に本を読んでいるところを撮った写真は、まさに「神話」なのだった。作家も普通の人であるが、同時に作家はどこにいても作家なのだという「自然なこと」に隠れて、作家の神格性というイデオロギーが押しつけられているからである。このような欺瞞《ぎまん》を、バルトはかつて『零度のエクリチュール』のなかでは「自然」と呼んで批判したが、この『現代社会の神話』では「神話」としてあばきだすのである。

ソシュール言語学との出会い

五三編の「神話」をまとめて本にするにあたり、バルトは全体にひとつの方向性をあたえるような解説を書きたいと考えた。そんなときに、ソシュール言語学に出会ったのである。一九五〇年にアレクサンドリアに赴任していたときからバルトはソシュールの名を知っていたという友人たちの証言もあるが、バルト自身は、一九五六年夏になってはじめて真剣にソシュールを読み、ソシュール言語学の重要性を意識した、と述べている。

一九五六年にわたしは、消費社会の神話の素材といったものを『現代社会の神話』という題名のもとに［……］集めたのですが、そのときにはじめてソシュールを読みました。読んでみて、期待感に目のくらむ思いがしました。それまでいわば場当たり的に表明するだけだったプチブルジョワジー神話の告発を、ついに科学的に展開することができるのだという期待感です。その方法が記号学でした。

（「記号学の冒険」）

「神話」を分析するための新しい知的道具を発見したバルトは、一気に「神話」の理論部分を書きあげる。それが『現代社会の神話』の第二部「今日における神話」である。したがって『現代社会の神話』の本は、第一部が五三編の「神話」からなる「神話集」、第二部が理論的な解説の「今日における神話」、という構成になっている。

ソシュールは、言語学をこえた、未来の記号学を構想していた。そのことを受けて、バルトは「神話」を研究するための記号学を作ろうとする。そのためにソシュール言語学において重要となったのは、「記号（シーニュ）」とは「記号表現（シニフィアン）」と「記号内容（シニフィエ）」からなる二重の存在だ、という点である。これをもちいてバルトは、入れ子状になった三層の図式をつくりあげる。第一次の言語の体系は、「記号表現（1）」と「記号内容（2）」とからなる「記号（3）」である。その「記号（3）」は、第二次の神話の体系で

<table>
<tr><td>言語</td><td>(1) 記号表現（シニフィアン）</td><td>(2) 記号内容（シニフィエ）</td><td></td></tr>
<tr><td rowspan="2">神話</td><td colspan="2">(3) 記号（シーニュ）
(Ⅰ) 記号表現（シニフィアン）</td><td>(Ⅱ) 記号内容（シニフィエ）</td></tr>
<tr><td colspan="3">(Ⅲ) 記号（シーニュ）</td></tr>
</table>

はたんなる「記号表現（Ⅰ）」となって、おなじ次元の「記号内容（Ⅱ）」とともに、「記号（Ⅲ）」を構成することになる。

　その例として、バルトは高等中学校のラテン語文法の教科書から一つのラテン語文「quia ego nominor leo」をとりあげる。一七字のアルファベットの列が「記号表現（1）」であり、「なぜならわたしはライオンという名だからだ」という意味が「記号内容（2）」であり、そのような意味をもつラテン語文が「記号（3）」である。そしてその「記号（3）」は、第二次の体系では、「なぜならわたしはライオンという名だからだ」の意味をもつ教科書中のラテン語文という「記号表現（Ⅰ）」になり、その「記号内容（Ⅱ）」は「わたしは属詞の一致というラテン語文法の例文である」ということになる。この第二次の記号内容をもつ「記号（Ⅲ）」の体系が「神話」である。

　解説の「今日における神話」は、新しい知的道具を発見したよろこびと楽しさとにあふれている。とはいえ、記号学としての理論はまだ部分的なものにとどまっており、言語学用語も不足していたし、小さな勘違いも見られる。しかし、その後にバルトがすこしずつ豊かなものに育てあげてゆく記号学の最初のかたちが表れているのである。

本のタイトル『現代社会の神話』の原題は『ミトロジー』であり、それは神話の集まったものという意味と、それらをあばきだす作業という意味をあらわしている。本来の「ミトロジー」の語の意味とは、第一に神話や伝説の集合であり、第二にそれを研究する学問であった。しかし『現代社会の神話』が刊行されたあとは、バルトのもちいた意味が「ミトロジー」の第三の意味として認められるようになる。

現在のフランスでもっとも広く使われている国語辞典のひとつである『プチ・ラルース辞典』をみると、第三の意味として「あるテーマにかんして、集団のなかで押しつけられて信じられていることの集合」と、バルト的な意味が記載されている。また『プチ・ロベール辞典』では、第三の意味の例文としてバルトの文を引用して、その意味が『現代社会の神話』に由来していることを記している。

結局、『現代社会の神話』とは、無意識のうちに信じこまされている「神話」をあばくという興味ぶかい時評集であっただけでなく、「神話」という語に新たな意味をあたえ、さらには記号学的な批評の道をひらいたという点で、意義ぶかい本だったのである。

一九五七年に『現代社会の神話』を出版したあと、数年のあいだ、バルトは不安定な時期をすごした。国立科学研究センターでは一九五五年秋から社会学部門の補助研究員になっていたものの、博士論文についてはあいかわらず迷っていた。論文のテーマとして衣服の社会学を考えていたが、ソシュール言語学を知ったことで、衣服の社会記号学をこころみたいと思うようになる。五七年夏に発表された論文「衣服の歴史と社会学」には、そのような迷いがあらわれている。論文の前半は服飾史の社会学であるが、後半はソシュール言語学をとりいれた服飾記号学のようなものとなっている。

しかし、博士論文のテーマを社会学から記号学へ変更しようとしても、論文の指導教授が見つからなかった。レヴィ＝ストロースに相談してみたが、指導教授になることは引き受けてもらえなかった。とはいえレヴィ＝ストロースの助言によって、資料を「書かれた」衣服に限定して分析することに決める。また、ウラジーミル・プロップの『民話の形態学』を読むことをすすめられて、一九五八年に出たばかりの英訳本を読んで構造分析の手法をまなんだ。また五九年には、デンマークの言語学者イェルムスレウのフランス語論文集が出されたので読むことができた。このように記号学の研究に熱心に取りくんだのだが、一九五〇年代が終わるまでその成果ははっきりと見えてこない。

この時期のバルトはむしろ、過去の仕事や友人との関係にとらわれていたように見える。

演劇月刊誌『テアトル・ポピュレール』は衰えをみせており、バルトは友情をしめす必要を感じた。そして発行回数が減って季刊誌となった一九五九年には、毎号に執筆をしていた。逆に、文芸月刊誌『レットル・ヌーヴェル』のほうは勢いをえて、五九年から週刊誌として一新したので、バルトはふたたび時評「小さな神話」の連載をはじめることで協力しようとする。新シリーズの第一号は五九年三月に刊行された。バルトの時評欄は五七年の本『ミトロジー』（『現代社会の神話』）にちなんで「ミトロジー」と名づけられ、二か月のあいだ毎週、連載がつづくことになる。

一九五八年には、楽しい経験もあった。夏にアメリカのミドルベリー大学に招待されたのである。バルトは、豪華客船「イル＝ド＝フランス号」に乗って、ニューヨークに向かった。長い船旅のすえに、船の甲板からマンハッタンの摩天楼が見えてきたときには、すこし感動した。そしてニューヨークを歩きまわりながら、街路や群衆に興味をもち、ニューヨークが好きになったのである。

ところが、帰国後しばらくして、ベルナール・ビュッフェがニューヨークを描いていることを知り、展覧会を見に行ったのだが、失望せざるをえなかった。ビュッフェが描いたニューヨークは、「高層で、幾何学的で、石と化した街」であり、「人間が不在の大都市」だったのである。バルトはそこにも「神話」を見る。

ニューヨークを高さの点から描くことは、唯心論的な神話の最たるもの、すなわち幾何学が人間を殺すという神話に、またもや陥ることなのである。

（「ニューヨーク、ビュッフェ、高さ」）

この「神話」は、「フランス人に、自分たちの住んでいるところがいかにすばらしいかを確信させる」というわけである。このビュッフェ論は一九五九年二月に発表された。この年は、国立科学研究センター補助研究員としての契約の最後の年であった。三月に「言葉と衣服」という論考を発表したものの、それは服飾についてイギリスやドイツで書かれた四冊の本をめぐる解説にすぎず、バルト自身の論文とは言えないものであった。しかもこの論考は次のような文で終えられていた。

この服飾の神話学こそが［……］衣服言語学の第一歩になるにちがいない、とわたしには思われるのである。

この文から感じられるのは、バルトはまだ迷いの段階にあり、衣服の記号学の研究は道なかばだということである。事実、博士論文は進んでいなかった。その結果、国立科学研究センター補助研究員の給費を打ち切られてしまったのである。

高等研究院へ

補助研究員の職を失ったバルトを助けてくれたのは、歴史学者フェルナン・ブローデルだった。ブローデルはリュシアン・フェーヴルの弟子であり、一九五六年にフェーヴルが死去したあとは、高等研究院（当時は高等研究実習院）第六部門の責任者となっていた。フェーヴルは五五年にバルトを国立科学研究センター補助研究員に推薦してくれたひとであり、こんどはその弟子のブローデルが尽力してくれたのである。こうして、バルトは一九六〇年四月に高等研究院の第六部門（経済・社会学）の研究主任になることができた。

ちょうどその四月に、彼は「今年は青が流行です」というタイトルの論考を発表している。衣服の記号学の第一歩ともいうべき論考であり、六七年に刊行されることになる『モードの体系』の原初的なかたちを見せていた。とはいえ、のちに非常に重要となるイェルムスレウの「共示（コノテーション）」の概念は、まだ用いるにいたっていなかった。

高等研究院の第六部門では、一九六〇年一月に「マスコミュニケーション研究センター」が設立されたばかりだった。六一年にはセンターの機関誌を出すことになっており、バルトも編集委員としてくわわった。雑誌は『コミュニカシオン』と名づけられ、第一号は六一年の秋に刊行された。バルトは「巻頭言」と論文「写真のメッセージ」を執筆する。この「写真のメッセージ」において、彼ははじめて記号学による写真の分析をおこなった。「コード」と「メッセージ」、「外示（デノテーション）」と「共示（コノテーション）」といった概念を駆使しており、ようやく記号学的分析に必要な道具がそろったという印象をうける。

一九六二年七月に、彼は高等研究院第六部門の「記号・象徴・表象の社会学」の研究指導教授に任命された。もはやたんなる研究員ではない。セミナーをおこない、学生を指導する立場の研究者となったのである。初年度の六二年秋から六三年春までのセミナーは、「現代の意味作用体系の総覧」という題目で、ソシュール、イェルムスレウ、ヤコブソン、マルティネらの言語学に依拠しつつ、構造言語学の基本的な概念を概観するものであった。つづく六三年秋から六四年春までの授業も、おなじテーマでつづけられた。二年間にわたる授業の成果は「記号学の原理」という論考にまとめられて、一九六四年秋に『コミュニカシオン』誌の第四号に掲載されることになる。

『コミュニカシオン』誌は、一九六一年秋に創刊されたあと、第三号までは不定期刊行であったが、この第四号からは半年に一度の定期刊行となる。また第三号までは表紙には雑誌名だけが書かれていたが、第四号からは毎号の特集内容をしめす副題もつけられるようになる。

第四号の副題は「記号学的研究」であった。バルトの「記号学の原理」が四五ページもの長さで雑誌の三分の一ちかくをしめて掲載された。しかも彼は、「巻頭言」と論文「映像の修辞学」も執筆したのである。

「記号学の原理」は四つの章からなっている。第一章は「ラングとパロール」、第二章は「記号表現（シニフィアン）と記号内容（シニフィエ）」、第三章は「統合と体系」、第四章は「外示（デノテーション）と共示（コノテーション）」である。この論考全体が、構造言語学の基本概念と用語の便覧のようなものになっている。

「映像の修辞学」のほうは、具体的なイメージを記号学的に分析したものである。たとえば、パンザーニ社の広告ポスターが取りあげられている。赤地を背景に、買物用の網袋が半びらきになっている。袋のなかにはパンザーニ・スパゲッティや赤ピーマンが入っており、袋からパルメザンチーズやトマトがあふれだしている。パンザーニはフランスの会社の名前であるが、イタリア的な響きを感じさせる。ピーマンやトマトは赤色であり、パンザーニ社のマークは緑なので、赤と緑でイタリアを連想させる。つまり、ポスターのなかの赤色と緑色、パンザーニという会社名は、「イタリア性」というコノテーション（暗示的な意味）をもっているのである。

このように『コミュニカシオン』誌の第四号において、バルトは記号学の基本概念とその応用例とを明確にしめしたのだった。一九六四年秋ごろの彼は、記号学の研究にも高等研究院のセミナーにももはや迷いをもたなくなっていたのである。

彼は、高等研究院の研究指導教授の職に一九七七年までの一五年間とどまることになる。毎年おこなわれるセミナーは心地よい家庭のような空間となって、いくつもの論文や著作を生みだす源となっていった。セミナーと『コミュニカシオン』誌の仕事は、手をたずさえて進んでいったようにみえる。六四年秋から六六年春までのセミナーの題目は「修辞学研究」であり、古代から十九世紀にいたる修辞学を概観するものであったが、この授業からもバルトは論文を生みだしている。そして、『コミュニカシオン』誌の第一六号（一九七〇年）に「旧修辞学　便覧」というタイトルで、五〇ページ以上にわたって掲載したのである。このように、高等研究院でのセミナーも著作活動も、順調なリズムで進行していった。

南西部の光

私生活もすこしずつ安定していった。祖母ノエミが亡くなったあと、遺産問題は一九五五年に解決して、バルトたちはセルヴァンドニ通りのアパルトマンに落ち着いていた。ただ、アンダイユの町にあるノエミの別荘の問題だけが残されていた。

アンダイユは、バイヨンヌよりもさらに南の、スペインとの国境にある海辺の町である。

バルトたちは、遺産相続後しばらくは、ノエミの残したこの別荘で休暇をすごしていた。だが、家が海岸と県道とにはさまれて建っているので、海のながめはいいが、観光客や車の騒音に悩まされるようになった。夏休みに別荘で仕事をするのが習慣であるバルトにとっては、大きな問題だった。静かな別荘に移る必要を感じた。

そんなときに見つけたのがユルト村の家である。ユルトは、バイヨンヌからアドゥール川を一七キロメートルほど遡《さかのぼ》ったところにある小さな村で、バルトもアンリエットも緑がゆたかで川の流れが美しいその村が気に入った。家の庭のむこうには自然の灌木林《かんぼくりん》がひろがって、まるで広大な庭に面しているかのような趣があった。バルトは六一年三月に家を購入する。そしてパリとおなじようにユルトの家にも仕事机やピアノをおいて、静かに仕事のできる環境をつくったのである。

それからは、休暇になるごとにユルトの家に滞在するようになった。車の運転が好きな彼は、いつも、パリから八〇〇キロメートルもの距離を運転してユルトまで行くのだった。

パリから車で来て、アングレームの町をすぎると、家の敷居をこえて、子ども時代のふるさとに入ったことを知らせる目じるしがある。道路脇の松林や、家の庭の椰子《やし》の木や、かなり高い雲である。その雲が、変化する表情を地面にあたえる。そのとき、南西部の大いなる光があらわれる。崇高で繊細な光が。

（「南西部の光」）

バルトは、子どものときから大好きだった光と緑のなかにもどってきた。こうして、子ども時代とおなじように、休暇ごとにパリと南西部を往復する生活をとりもどす。この往復は、それから二〇年ちかくのあいだ、彼が亡くなる一九八〇年までつづくのである。

一九六三年の夏に、バルトはユルトの家で仕事にはげんでいた。『モードの体系』の執筆のためである。五九年の夏に開始して、はじめはアンダイユの別荘で書いていた。六一年夏からは、ユルトの家で執筆をつづけた。そして六三年の八月末に本文を書き終える。そのあと、手直しをしたりして、ついに六四年の四月末に『モードの体系』が完成する。博士論文として書きはじめたものだったが、その気持ちはなくなっていた。バルトは、もはや博士論文を提出しようとする研究者ではなく、博士論文を指導する立場の教授になっていたからである。したがって、『モードの体系』を単行本として出版することに決める。だが、さまざまな事情がかさなって、刊行はすっかり遅れてしまう。

ユルトの家

II　科学と批評と読書

ラシーヌ解釈をめぐって

一九六三年四月に、バルトは『ラシーヌ論』を刊行する。この本は、十七世紀の悲劇作家ジャン・ラシーヌについての論文集であり、一九五八年と六〇年に発表した三つの論考をあつめて三部構成の本にしたものである。

第一部は「ラシーヌ的人間」というタイトルの長い論考であり、ラシーヌ悲劇の空間や人間関係の構造を分析している。作品を作者ラシーヌから切り離し、精神分析的なことばを用いて論じた、作品の構造分析である。第二部は「台詞《せりふ》としてのラシーヌ」であり、ラシーヌ演劇の上演における台詞の問題点を論じている。これは一九五八年に書かれた劇評であり、そのころ演劇から遠ざかりつつあったバルトによる、演劇の現状にたいする批判が述べられている。第三部は「歴史か文学か」であり、ラシーヌ作品の解釈と批評の現状と問題点、そして批評一般について述べられている。

この本において、バルトは構造分析的な批評が最善のものだと主張したわけではなかった。

これまでに社会学的批評、深層心理学的批評、伝記的批評などがあることに言及して、さまざまな批評が可能であることこそがラシーヌ作品の特徴だと述べたのである。この考えには、ラシーヌ作品の真実はこれだと標榜《ひょうぼう》する批評や、真実があることを前提として自分の解釈は客観的なものだと主張する批評にたいする批判があった。バルトがつねに持っている「威圧的な言葉にたいする拒否」がこのラシーヌ論の根本にもあることは確かである。

第二部の論考は、初出が『テアトル・ポピュレール』誌だったこともあり、ブレヒトの「異化」の称賛と、「同化」の演劇の否定とを前提としている。そして現在におけるラシーヌ作品の上演もまた、俳優の過多の演技で観客を感動させようとする「同化」の演劇そのものだと批判したのである。

それは、たとえるなら音楽における「ルバート」であり、この奏法もまた細部を強調する表現性なのである［……］。ラシーヌの朗誦法《ろうしょうほう》はたいてい「ルバート」に心をくだくことに支配されていると言える。「ルバート」がその押しつけがましさで音楽テクストの自然な意味をこわすように、ラシーヌ朗誦法における細部の過度な意味づけは、全体の自然な意味作用をこわすのである。

ひとつの感情や意味を押しつけること、つまり「表現性」をバルトは嫌悪する。最初の著作『零度のエクリチュール』においてすでに、彼は「表現性」という言葉でモーパッサンを批判していた。ひとつの語を強調することで表現性（表現ゆたかさ）が得られるとモーパッサンは信じていたのだ、というふうに。この「表現性」は、「ルバート」や「演劇性」といった言葉とおなじように、押しつけがましさや威圧的な表現という意味で、バルトにおいてはつねに悪《あ》しきものとして用いられている。

『ラシーヌ論』の第三部では、実証的な批評家たちを名指しで挙げて、それらの人たちは歴史と作家と作品とを混同して「客観性」を主張していると批判する。名指しされた研究者のなかには、のちに論争をすることになるソルボンヌの教授のレーモン・ピカールもいた。

とはいえ『ラシーヌ論』は、一九六三年四月の刊行当時は、新聞や雑誌の反応はおおむね好意的だった。ピカールも沈黙していた。だが、翌六四年にバルトが『批評をめぐる試み』を出したときに、状況は一変する。この本は一九五三年から六三年までに発表された論文や対談を三三編あつめたものであり、ロブ＝グリエの小説やブレヒトを擁護する論文が多かったが、そのなかに「二つの批評」という論考があり、それがピカールたちをいらだたせたのである。その論考でバルトは、文学作品の批評を大学批評と解釈批評のふたつにわける。大学批評とは作者の伝記的事実に依拠する実証的なものであり、解釈批評とはマルクス主義や精神分析や現象学といったイデオロギーに結びついたものだ、という対立的な図式をつくって、実証的な批評を批判したのである。

『批評をめぐる試み』が刊行されると、ただちにピカールは『ル・モンド』紙に反論を書いた。そして六五年一月にも、人文系の学術誌に反論を載せた。当時は、ソルボンヌと、高等研究院などの教育機関との乖離《かいり》がすすみ、ソルボンヌの教授のピカールはソルボンヌ的な研究方針がおびやかされているという危機感をもっていた。だからなおさらバルトの主張を見すごすわけにはいかなかった。

批評の新旧論争

一九六五年九月になると、レーモン・ピカールは『「新批評」あるいは新手の詐欺』という本を出して、バルトとその「新批評」を激しく攻撃した。バルトのラシーヌ解釈には客観性がないことや、ラシーヌ作品にたいして性的な用語をつかうことの趣味の悪さ、フランス的明晰《めいせき》さがないことなどを、「無謀で突飛」「あきれた数行」「おめでたさ」「非常識」「知的詐欺行為」といった表現で批判した。すると新聞や雑誌のほとんどがピカールを支持し、「さらし首になったバルト」「これは処刑だ」「死刑執行」などという言葉でバルトを攻撃したのである。

ピカールは、バルトたちを「新批評」と呼んで批判した。だがそのことで、かえってピカールたちは「旧批評」と呼ばれることになる。こうして「旧批評」と「新批評」の論争がはじまった。それはラシーヌの解釈をめぐる対立のように見えたが、しかし実際にはソルボンヌを中心とする伝統的な大学教授と、高等研究院を中心とした自由な知識人との対立でもあり、また文学批評や演劇の上演にたいする考えかたの対立でもあった。それゆえ、激しい論争は『ラシーヌ論』刊行の直後ではなく、刊行から二年半もすぎてから起こったのである。対立関係は複雑になり、何か月たっても論争は収まらなかった。

バルトは反論の本を書く必要を感じた。一九六五年の冬休みに執筆にとりかかり、二月に書き終える。本は六六年三月に『批評と真実』というタイトルで出版された。二部から構成されており、第一部はピカールへの反論、第二部は批評一般の問題となっている。第一部では、「新批評」が「客観性」「趣味」「明晰さ」がないと批判された点について、ひとつひとつ論破し、そのような批判自体が時代遅れの発想であることを指摘した。

旧批評は［……］、「象徴不能症」といわれる傾向に見舞われている。いくつかの象徴を、すなわち意味の共存をみとめたり扱ったりすることができないのだ。

「象徴」という語は、作品におけるさまざまな意味として用いられている。つまりバルトは、旧批評が作品解釈の多様性をみとめないことを批判しているのである。

ある作品が「永遠」なのは、さまざまな人に唯一の意味を強いるからではなく、ひとりの人間にさまざまな意味を示すからである。

『批評と真実』の第二部では、バルトは作品への向きあいかたには三つの方法があると語る。「読書」と「文学の科学」と「批評」である。「読書」は、作品を愛し、作品を欲することであり、作品以外の言葉で作品を語るのを拒むことである。したがって作品の解釈を主張したりはしない。「文学の科学」とは、作品のひとつの意味ではなく、意味の複数性自体を対象とするものである。それにたいして、「批評」のほうはひとつの意味を生みだし、その責任を引き受ける。「批評」をするとは、作品ではなく自分自身の言語を欲することなのである。

作家とは、言語が問題となっている人であり、言語の道具性や美しさではなく深さを感じている人である。[……]。作家と批評家は、言語というおなじ対象をまえにして、おなじ困難な状況にあるという点で一致している。

バルトはその二年まえの『批評をめぐる試み』においてもすでに、「批評家とはひとりの作家である」と断言していた。ほかの作品について語るという間接的な行為をしているとはいえ、やはり作家なのである、と。べつの作家や作品に仕える者ではないのだから、作品の唯一無二の意味を標榜して人に押しつけたりするのは奇妙なことである。

『批評と真実』を読んださまざまな作家や知識人から、バルトを支持する声があがった。ル・クレジオ、ジャック・ラカン、ジル・ドゥルーズ、ミシェル・ビュトールたちが、バルトに賛同の手紙を書き送った。そしてバルトは日本へと旅立ち、新旧論争はいつしか止《や》んだ。

衣服の記号学

論争のあいだも、バルトは記号学研究や構造分析の活動をつづけていた。すでに一九六四年春には『モードの体系』の本を完成させていたが、ちょうど『批評をめぐる試み』を出版したばかりであったし、六四年秋に「記号学の原理」を発表することになって、その準備のほうに追われた。そのあと、新旧論争が原因で急に『批評と真実』を出すことになったために、『モードの体系』の刊行はすっかり遅れてしまった。結局、出版は六七年の春になる。とはいえバルトとしては、六三年の夏にユルトで終えた古い仕事であるという気持ちがつよ

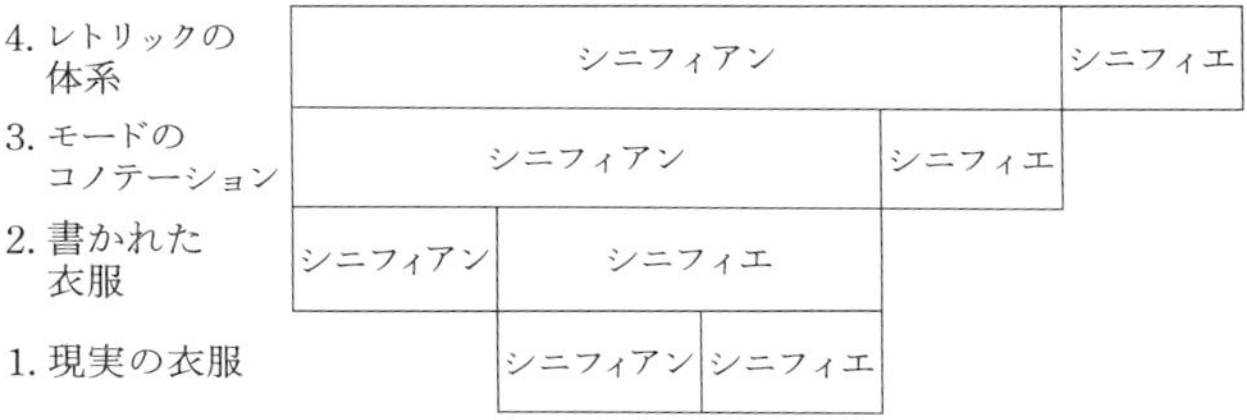

かった。彼は『モードの体系』の「まえがき」でこう書いている。

この著作は、一九五七年に書きはじめて、一九六三年に終えたものである。[……]この冒険はすでに古びてしまっていることを認めなければならない。

すなわちバルトの意識としては、『モードの体系』は『現代社会の神話』の続きの著作であり、また「記号学の原理」とおなじ時期の研究だったのである。そのために、『現代社会の神話』と似た図式をもちいている。「記号表現（シニフィアン）」と「記号内容（シニフィエ）」からなる「記号（シーニュ）」の図式である。ただし、『現代社会の神話』で「神話」と呼ばれていたものは、『モードの体系』では「共示（コノテーション）」の用語でしめされている。また、図式は『現代社会の神話』とは上下関係が逆に、下から上へすすむ構造になっており、いっそう複雑にもなっている。

たとえば、モード雑誌のなかの「競馬場ではプリント柄が圧勝です」という文が例にとられている。図式では、第一層は現実の体系となる。にぎわっている競馬場に実際に出かけると、プリント柄の服を着ている人が多いことに気づく。したがって、「シニフィアン」はプリント柄の服が多いという現実であり、「シニフィエ」は競馬場のにぎわいである。第二層は書かれた服の体系であり、「競馬場ではプリント柄が圧勝です」という文が「シニフィアン」であり、その「シニフィエ」は競馬場にはプリント柄が多いという意味である。

第三層は「コノテーション」(暗示的な意味)の層であり、モード雑誌のなかに「競馬場ではプリント柄が圧勝です」という文が書かれていることが「シニフィアン」であり、その「シニフィエ」は今年の流行の服を示しているということである。第四層はレトリックである。プリント柄が多いことを言うのに「圧勝です」という競馬的な言葉をつかうという洒落《しゃれ》た表現が「シニフィアン」であり、「シニフィエ」はモード雑誌とはそのような洒落た言葉づかいをするものだという世界観である。

このように『モードの体系』は、『現代社会の神話』とくらべると、分析も用語もはるかに複雑となっている。そこには科学の問題を解いてゆくようなおもしろさがある。だが、のちになってバルトは語っている。

当時のわたしは、記号学という「科学」に自分を同化させることができないかと熱心に考えていました。わたしは、科学性という（幸福な）夢を見ていたのです（その夢のなごりが『モードの体系』と『記号学の原理』です）。　（インタビュー「答え」）

『モードの体系』は、バルトの著作のなかでもっとも大部の本であり、彼の記号学研究の代表的な作品である。記号学という新しい学問を構築してゆく喜びにみちている。だがその喜びは一九六三年時点のものであり、本が刊行された六七年には、バルトはすでに他のほうへと目を向けていた。記号学的な構造分析が、メタ言語をもちいてなされることへの違和感が大きくなっていたのである。分析する者の言語（メタ言語）だけは、分析するための道具としてつねに安全な位置にある、というのは、言語を分析する者にとっては矛盾したことでないだろうか、と。だからこそバルトは『モードの体系』を刊行した一九六七年に、「構造主義者はこれから『作家』に変身しなければならない」と語るのである（「科学から文学へ」）。この「作家」とは、自分自身の言語が問題となっている人であり、すなわち『批評と真実』においては「批評家」とよばれていた人のことである。

『モードの体系』の刊行の数か月後に、バルトは「作者の死」というタイトルの論考を書き、一九六八年秋に『マンテイア』誌に発表した。この論考は、発表当時はあまり注目されなかったが、のちになってしばしば言及されて、ロラン・バルトといえば「作者の死」の批評家だとまで言われるほどになった。その理由は、六八年五月の学生運動（いわゆる五月革命）の直後に発表されたために、闘争的な論文であるという印象をあたえたことと、タイトルが刺激的だったことによって、新旧論争の論客バルトの重要な論考にちがいないという思いこみをまねいたからである。また、翌六九年にはミシェル・フーコーが「作者とは何か」という講演のなかで「作者の消滅」を語ったことで、「作者の死」が当時の重要な問題であったという雰囲気が広がったのである。

だが、実際にはバルトが「作者の死」の論考を書いたのは五月革命の前年のことであり、六七年の末にアメリカの『アスペン・マガジン』誌に英訳のかたちで発表されていたのだった。それから一年近くがすぎた六八年秋になって、ようやくフランス語原文が『マンテイア』誌に掲載されたのである。したがって五月革命とはまったく関係がない。『アスペン・マガジン』は一九六五年に創刊された芸術雑誌であり、『マンテイア』は一九六七年に創刊された文芸誌であり、どちらも講読者があまり多くはなかった。バルトとしては、新しい雑誌を応援するために短い論文を書いたというところだったのではないか。
　また、フーコーの「作者の消滅」の「作者」と、バルトの「作者の死」の「作者」は、おなじものではない。「主体が言語を語る」ことから「言語が主体を確立する」ことへの移行が構造主義以降の考えかたであり、そのような意味でフーコーは言語をあやつる主体としての作者の消滅を述べている。バルトも「言語が主体を確立する」とつねづね考えており、「作者の死」の論考でもそのような文章は見られるものの、ここではそのような主体の問題よりはむしろ、作品と作者と読者の関係のほうに重点をおいているのである。

　　批評をするとは、今でもたいていの場合、ボードレールの作品とは人間ボードレールの挫折であり、ゴッホの作品とは彼の狂気であり、チャイコフスキーの作品とは彼の悪癖である、と述べることである。作品の「解釈」がつねに、作品を生みだした人間の側に求められているのだ。［……］。「作者」の支配は、今なお非常につよい。

　だからこそ、作品から「作者」を遠ざけるべきであり、そうすることによって作品のもつ意味の多様性をよみがえらせるべきだとバルトは語っている。これは、作者の人生によって作品の意味を説明しようとする実証批評を批判した『ラシーヌ論』からずっとつづいているバルトの主張である。ただし、ここでの「批評」の語は、作品のうしろに作者や社会や時代を見ることに満足しているという否定的な意味あいで用いられている。というのは、「作者の死」の論考においては、「読者」こそが重要なものとなっているからである。バルトは言う。「古典的な批評は、読者のことなど気にかけたことがなかった。古典的な批評にとっては、書く人間以外の人など、文学には存在しないのである」と。フーコーにしても、「作者とは何か」の講演においては、「読者」という言葉はまったく用いていない。バルトも、前年の『批評と真実』では、「批評家は、読者の代わりとなることはぜったいにありえない」と語って、読者はアマチュア的な存在にすぎないとしていた。ところがここでは、「読者」が中心となっているのである。

「作者の死」の論考は、やや唐突にバルザックの中編小説『サラジーヌ』のなかの一文を紹介することからはじまっている。そして、その文を語っているのは誰だろうかと問い、それを知ることはぜったいにできないだろうと言う。論考の最後でも、ふたたびバルザックの話題にもどって、テクストは多様なエクリチュールから作られており、そのような多様性があつまる場所が「読者」なのだと断言している。それにしても、なぜ「作者の死」の論考で『サラジーヌ』を取りあげているのだろうか。

それまでバルトがおこなった構造分析はすべて、作品の一部の構造や意味作用を明らかにするものであった。だが一九六七年のバルトは、作品全体を文や節にいたるまで細かく分析し、それぞれの文の意味の複数性や連鎖からなる作品の構造を分析したいと考えるようになっていた。だが長い作品では、全体を細かく分析することは不可能である。そこでえらんだのが、短くて魅力的な物語である『サラジーヌ』だった。

物語の流れにそって、文や節や語といった細部をひとつひとつ分析してゆくことは、物語の構造を明らかにする行為というよりは、むしろ文や言葉が生まれ出る場に立ちあう行為となるだろう。作品を欲し、作品を再現し、再エクリチュールをおこなうという創造的な「読書」行為なのである。

バルトは、六八年二月から高等研究院で『サラジーヌ』を分析するセミナーをおこなうことに決めていた。その準備をしながら、「作者の死」の論考を書いたのであろう。論考はつぎの文で終えられている。

読者の誕生は、「作者」の死であがなわれねばならない。

そして一九六八年二月八日、『サラジーヌ』のセミナーの初日に、バルトは語っている。「テクストの再現は、作者の死をともなっており、読書の地位向上にむすびついているのです」と。バルザックという作者のことを調べあげて作品の意味を解明してゆくという批評行為ではなく、作者に代わってテクストを再現してゆく創造的な「読書」の作業を開始するのだと宣言する言葉である。

結局、「作者の死」とは、構造主義以降の「主体の死」を高らかに宣言しているように見えながらも、じつは書くように読んでゆくという読書の楽しみを語っているのである。そして、バルトが批評活動から読書の快楽へ移行してゆきつつあることをひそかに打ち明けてもいたのだった。

第三章　ロマネスクのほうへ――一九六七〜一九七三年

I　日本に魅せられて

外国旅行の日々

一九六〇年代のバルトは、頻繁に外国へ旅をしていた。講演やセミナーを依頼されて出かけることも多かったし、休暇のための私的な旅行もすくなくなかった。パリのさまざまな喧《けん》噪《そう》から逃れたいという気持ちもあったのだろう。平均して年に少なくとも五回は国外に出かけていた。そのほとんどは、イタリア、イギリス、オランダ、スペインなど、近くの国々が多かったが、北アメリカや北アフリカへ行くこともあった。そのような外国のなかで、なんども訪れて、比較的長く滞在した場所が三つある。アメリカのボルチモアと、モロッコ、そして東京である。

ボルチモアにはジョンズ・ホプキンス大学があり、バルトはセミナーや講演をするためになんども招待された。まず六六年の一〇月にはシンポジウムがあったし、六七年秋には二か月以上滞在してセミナーをおこなっている。七一年にもおとずれた。しかし、ボルチモアについて、そして六〇年代のアメリカについて、バルトは感想や印象を書くことはなかった。六九年に「文化批判の一例」のなかでヒッピーについて語ったくらいである。一九五八年にニューヨークをおとずれたときの興奮は長くは続かず、アメリカへの関心は薄れてしまったように見える。

モロッコは、一九六三年にはじめて行ったあと、毎年なんども訪れるほど気に入っていた。行くたびに、マラケシュ、タンジェ、カサブランカ、ラバトなどの町々をたずねた。六五年一一月にはラバト大学でセミナーをおこなっている。バルトはモロッコが好きだった。だから、数年間ラバト大学で教えてほしいと依頼されると、よろこんで契約書にサインをした。そして六九年秋から三年のあいだ、ラバト大学で教えることになる。六九年九月にモロッコに着き、授業をはじめた。冬休みには、母アンリエットと弟ミシェルをフランスまで車で迎えに行き、スペインを通ってモロッコに連れてきたりしている。三人でモロッコをあちこち旅行したりもした。バルトはモロッコでの自由な生活を楽しんでいた。しかし住んでみると、役所や大学などの手続きに悩まされて、だんだんとうんざりしてくる。結局、三年間の契約を破棄して、七〇年夏に、滞在一年たらずでパリにもどって来てしまった。

とはいえ、バルトはやはりモロッコが好きだった。七〇年秋にはさっそく一週間ほど訪れているし、七一年にも七二年にも休暇で滞在している。しかし彼は、モロッコの印象について、ほとんど書きのこしていない。ただひとつ、「偶景」という断章集がある。モロッコでのさまざまな経験を一行から数行の短い文にしるして、それを一二〇ほど集めたものである。だが、この「偶景」には同性愛的な心情が書かれていたこともあり、バルトの生前に発表されることはなかった。

日本には、一九六六年五月にはじめておとずれた。東京や京都で講演をおこなって、ちょうど一か月間滞在している。そして翌六七年の三月にもおとずれて、やはり一か月間をすごす。さらにその年の一二月から一月上旬まで三週間ほど滞在している。バルトは日本に「恋をした」のである。三度の旅から、さまざまな論考や対談そして本までもが生まれることになる。文楽についての論考「エクリチュールの教え」や、対談「日本　生活術」と「逸脱」、日本展の解説など、そして著作『記号の国』である。

革命からエクリチュールへ

一九六九年から数年間ラバト大学で教える契約書にバルトがサインしたのは、モロッコが好きだったこともあるが、しばらくパリから離れたい気持ちもあったからだった。六八年五月のいわゆる「五月革命」の空気に嫌気がさしていたのだ。学生たちの運動に関心がなかったわけではなく、集会や議論の場になんどか出て行ったが、話される言葉の暴力を耐えがたく思った。バルトはもともと政治的な発言や行動をすることに不信をもっており、六〇年にアルジェリアの独立を支援する運動がおきたときも、その「一二一人宣言」には署名しなかった。そして、この六八年のデモやバリケードにも彼は距離をおいていた。デモに行かなかったことで、彼は自分が言ってもいない言葉で揶揄《やゆ》されることになる。ある日、高等研究院の廊下にビラが張られた。「『構造はデモには参加しない』とバルトは言う。『バルトも参加しない』とわれわれは言う」というビラだった。

バルトは沈黙をまもった。しかし心労のためか、体調をくずし、五月のあいだずっと原因不明の出血をしたり路上で倒れたりして病院通いをする。そして六月になると、数日間だけモロッコへ行く。七月末にも三週間ほど、九月にも二週間、とバルトはパリから逃げるようにモロッコへ通いつづけた。そうするあいだに彼は「事件のエクリチュール」という論考を書く。五月革命のときの言語表現のみを「話し言葉」「象徴」「暴力」の点から構造分析したものであった。結局、バルトが五月革命について書いたのは、これだけだった。

六八年二月に高等研究院ではバルザックの『サラジーヌ』の二年連続セミナーがはじまっ

ていた。五月二日にいったん中断したあと、一一月二一日に再開する。その再開の日に、バルトは「五月革命」をふまえて、「話し言葉は威嚇である」と語った。そして、書かれた言葉による作品である『サラジーヌ』を細かく読んでゆくセミナーにもどったのである。三〇ページほどの短い小説を五六一の「レクシ」（読書の単位）に細分して分析してゆく。「コード」や「コノテーション」といった言語学用語をつかった構造分析ではあるが、細かいレクシを物語にそってゆっくりと解釈してゆくことは、テクストをたんに読みとるだけでなく、みずから書いてゆくような喜びにみちた作業となった。読書のこのうえない楽しみをセミナーの全員で一緒にあじわうことになったのである。セミナーの成果は、『S／Z』というタイトルの本となって翌年に出版された。

『S／Z』の解釈は、バルザックのテクストと「同等」でありたい、と思っています（水門から水を流して、二つの水面の高さを「同等」にするようなものです）。したがって、『S／Z』が『サラジーヌ』の再＝エクリチュールであるというのは間違いではありません。ただし、以下のことをただちにつけくわえるなら、ですが。『S／Z』を書いたのは「わたし」ではなく、「わたしたち」だということです。それとなく、あるいは無意識に、わたしが引用して名前をあげた人たちすべてであり、「作家」ではなく

「読者」である人たちすべてなのです。

（インタビュー「答え」）

本のタイトル『S／Z』の「S」は登場人物サラジーヌの「S」であり、「Z」はもうひとりの登場人物ザンビネッラの「Z」をさしているようである。また、「Z」は「S」の裏がえしの字でもあるので、「S／Z」は左右対称をしめすかたちにもなっている。真ん中の斜線は、鏡でもあり、壁でもあり、刃でもあり、さまざまな意味作用をふくんでいる。結局、本のタイトルの『S／Z』の意味は明かされないままだ。『サラジーヌ』の最後の「そして侯爵夫人はじっと考えこむのだった」という文のように、読者もすべてをゆだねられて、考えこむのである。

セミナーは六九年五月はじめに終わり、バルトはただちに著書『S／Z』の執筆をはじめた。七月に書き終えて、七月下旬にスイユ社の編集者に原稿をわたす。そしてモロッコへ渡り、秋のあいだにモロッコで校正を終えて、一九七〇年二月に本は刊行された。

日本での幸福

バルトがはじめて日本をおとずれたのは、一九六六年だった。ピカールとの新旧論争がまだ続いていたときである。バルトは『批評と真実』を刊行し、その一か月余りあとの五月二日に日本に旅立ったのだった。

彼は日本で解放感と幸福感をあじわった。目にしたものすべてに魅せられた。たちまち日本に「恋」をしてしまう。翌六七年の春と冬にもおとずれて、結局、二年たらずのあいだに約三か月間を日本ですごすことになる。六八年一月に三度めの滞在から帰国すると、彼は『記号の国』の執筆をはじめて、一一月には本文を書き終える。六九年のあいだは、前半は図像をあつめることに時間をついやし、後半はモロッコで校正などの作業をした。そして、まだモロッコ滞在中だった一九七〇年春に、本は出版されたのである。

『記号の国』表紙

日本に発《た》つ前にバルトが巻きこまれていた新旧論争において、彼が批判していたのは、作品の意味を作者の人生や社会背景にもとめる批評であり、作品にただひとつの意味や真実をもとめてそれを標榜《ひょうぼう》する批評であった。「ただひとつの意味」への抵抗から、バルトは意味の複数性をあつかう「文学の科学」を夢みていたのだった。そうして、「ただひとつの意味」にたいする苦々しい思いと、「意味の複数性」をもとめる望みとをもって、日本をおとずれたのである。だが日本でバルトは気づく。「ただひとつの意味」とたたかうには、意味を複数化することのほかに、もうひとつの可能性があるということに。

東京の中心は皇居であり、そこには誰も入ることができない。フランスでは町の中心は教会であり、人びとが集まってくる濃密な中心である。東京では中心が空虚になっているではないか、とバルトは驚く。あるいは料理の場合、「すきやき」は、いったん始められると客の目のまえで休みなく作られてゆく。フランスのコース料理にはメインの皿があるが、すきやきには中心がない。また揚げ物は、フランスでは具のまわりに分厚い衣のついた重ったるい食べ物であるが、日本の「天ぷら」は中心の具よりも軽やかな衣のほうを食べているかのようである。このように日本でさまざまな「空虚な中心」を目にしたバルトは、西欧的な意味の重みから解放される幸福感をあじわったのだった。

文楽を観に行ったときには、舞台が人形と人形遣いと太夫という三つに切り離されていることに驚く。それらの三つのエクリチュールを観客は同時に読みとっているということに。


「文楽」は（これが文楽の定義であるが）行為と身ぶりとを切り離す。［……］感情はもはや氾濫《はんらん》せず、人を飲み込むこともなく、読むべきものとなる。［……］こうしたことすべては、もちろん、ブレヒトが提唱した距離の効果につうじている。（『記号の国』）

かつてバルトが敬愛したブレヒト演劇は、一九五六年にブレヒトが亡くなったときに失われてしまった。それからのバルトは演劇から距離をとっていたが、一〇年を経て、日本で文楽のなかにブレヒトをふたたび見出《みいだ》したのである。

文楽の人形を見ながら、バルトは西欧の演劇と比較して、「身体」のことを考えた。

「文楽」は、俳優のまねをしない。わたしたちを俳優から解放してくれる。どのようにしてか。まさに人間の身体についての観念によってである。ここでは生命なき物体のほうが、生命のある（「魂」をもった）身体よりも、かぎりない厳密さと戦慄《せんりつ》感とをもって、身体の観念をもたらしてくれるのである。

バルトは、西欧演劇において役者が過度の演技で感情（魂）を押しつけることをつねに嫌悪していた。だが文楽の人形はそうではない。人間の身体を模倣して見せているのではなく、身体の観念というものを、はかなく、慎みぶかく、語っているのである。

こうしてバルトは、あらためて「身体」についての考察をはじめた。すでに一九五四年に『ミシュレ』において、彼は「身体」に言及していた。ミシュレは歴史にはじめて「身体」を導入したひとである、というふうに。そしてミシュレの読書から一五年ぶりに、バルトは日本での体験をつうじて、ごく自然に「身体」を思い出したのである。「身体」を語るよろこびが復活し、やがてバルト特有の「身体」の概念が形づくられてゆくことになる。

俳句のおしえ

日本ではじめて俳句にふれたとき、バルトは、俳句が「理解しやすいものでありながら、なにも意味していない」ように感じた。フランスの詩が、短い表現のなかにレトリックを駆使して意味を充満させているのとは大きな違いである。そして、意味を否定しているというよりは、むしろ意味を中断しているのだと思う。このときバルトは、威圧的な「ただひとつの意味」に抵抗するための新しい方法を見つけたのである。「意味の複数性」とは異なるもうひとつの可能性、すなわち「意味の中断」であった。

たとえば、芭蕉の句「古池や蛙《かわず》飛びこむ水のおと」について、バルトはつぎのように言う。

芭蕉が水音を聞いて発見したのは、もちろん「啓示」とか象徴への敏感さとかいったモチーフではなく、むしろ言語の終焉《しゅうえん》である。言語が終わる瞬間（大いなる修業ののちに得られる瞬間）というものがあり、この反響のない断絶こそが、禅の真理と、俳句の短くて空虚な形式とを、同時に作りあげているのである。

（『記号の国』）

水の音のあとには、いかなる反響も、いかなる物語の展開もない。意味の中断としての、言語の終焉があるだけである。俳句というきわめて短い詩が、このような「意味の中断」をなしえていることにバルトは感嘆する。そして俳句に魅了され、短い形式の模索へと入っていったのである。

もともとバルトは短い形式をこのんでいた。二六歳のときに学生サナトリウムの同人誌にはじめて発表した論文「アンドレ・ジッドとその『日記』についてのノート」は、断章形式で書かれていた。そのようにした理由を「不統一のほうが、かたちを歪《ゆが》める秩序よりも好ましく思われるから」と述べていた。その後も、『ミシュレ』『現代社会の神話』『S／Z』など、短い形式で書きつづけた。とはいえ、それが自分のエクリチュールであるとはっきり意識したわけではなかったし、そのような短い形式についても「不連続なもの」という呼びかたをするにとどまっていた。だが俳句を知ることによって、短い形式を意識し、「断章（フラグマン）」という言葉をもちいるようになる。七〇年代のバルトの大きな特徴である「断章」は、俳句との出会いによって生まれたと言えるだろう。したがって『記号の国』の本は、当然ながら、二六の断章からなる断章集のかたちをとっている。

「わたし」の発見

バルトが理解した「俳句」は、日本人の考える俳句とは異なっている。俳句がフランス語に訳されることによって変化してしまう点がすくなくないからである。そのひとつが、「わたし」の語であろう。フランス語では動詞にはかならず主語が必要であるから、もとの俳句になかった主語をつけくわえざるをえなくなる。

たとえば、蕪村《ぶそん》の「父母のことのみおもふ秋のくれ」。これをフランス語に訳すと、「夕方、秋／わたしは思う／両親のことを」というような三行詩になる。芭蕉の「九《ここの》たび起《おき》ても月の七ツ哉《かな》」は、「すでに四時だ……／わたしは九回も起きた／月に見とれるために」となる。これらの「わたし」の語はややわずらわしい。しかし意味作用はあまり重くはない。「わたし」ではなく「彼」や「あなた」だったとしても、大きな違いはないだろう。私的なことを語っていながら、この「わたし」は、ひとりひとりの読者とかさなりあうような何か、俳句の世界にある共通の何かをおびている。それは、西欧文学における「わたし」が語り手の自我や主体としっかりと結びついているのとは、まったく異なっている。

俳句の時間には主体がない。俳句を読むときは、俳句の総体以外の「わたし」をもたないし、その「わたし」にしても、かぎりない屈折によって、読むことの場でしかなくなっている。［……］このように俳句は、わたしたち西欧人が経験したことのないものを思い起こさせてくれる。俳句には、始まりのない反復、原因のないできごと、個我のない記憶、もやい綱のない言葉などがある、とわたしたちは「みとめる」のである。

（『記号の国』）

一九六〇年代のバルトは「わたし」という言葉を退けようとしていた。その理由のひとつが、「わたし」とは、小説家だけが書きうる、批評家には書きえない言葉だからであった。小説家が作品中で「わたし」と書いても、それは小説の「わたし」、裏返された「彼」である。だが批評家のほうは小説の「彼」を生みだすことができないので、「わたし」と言うこともできない。したがって批評家のバルトは「わたし」と書くことができなかったのである。もうひとつの理由は、作者の「わたし」によって文学作品を解釈する批評にたいしてバルトがずっと批判的だったからである。文学とは作者の「わたし」を語るものではないと考える彼は、「わたし」と書くことからは遠いところに位置していた。五〇歳をすぎたころから、小説的な作品を書きたいと漠然と思うようになったが、「わたし」を書くことへの抵抗は大きかった。そんなときに、俳句の「わたし」を発見したのである。作者の自我に結びつかない「わたし」を。バルトは「わたし」の可能性に気づき、自分も「わたし」をもちいて書きたいと思うようになる。そしてその最初の試みが『記号の国』であった。彼は、本文の第一行をつぎのように書きはじめる。

もしわたしが架空の国民を想像したいと思ったら、わたしはその国民に思いつきの名前をつけて、ロマネスクな対象としてあつかうと公言することができる［……］。

「わたし」の語の登場がやや唐突ではあるが、さらに目をひくのは「ロマネスク」の語であろう。「ロマネスク」は七〇年代のバルトの重要な概念であるが、この本よりも前には用いられたことがなかった。一か月前に出版された『S／Z』にも見あたらない。『記号の国』ではじめて、しかもなんども、用いられたのである。

「ロマネスク」とは、「わたし」によって断章的に語られる小説的なものだと言えるだろう。バルトは、俳句をつうじて「断章」と「わたし」を意識し、「ロマネスク」という概念を生みだした。バルト自身も対談で言っているように、『記号の国』は、彼の「ロマネスクへの入り口」だったのである（インタビュー「『S／Z』と『記号の国』について」）。

『記号の国』は一九六八年一一月に書き終えられている。『S／Z』のほうが終わったのは六九年七月であった。その経緯を考えると、本の出版は『記号の国』が先で、そのあとに『S／Z』を出すほうが妥当なように思われる。しかし実際には、『S／Z』は一九七〇年二月に出され、その一か月後に『記号の国』が出されている。出版社の事情もあったかもしれないが、やはりバルトの意図が反映していたように思われる。

『S／Z』の分析は、バルザックのテクストの再＝エクリチュールにもなっている点で、テクストを再生産してゆくというテクスト理論の実践となっている。バルト自身にとってのエクリチュールの喜びも感じられる本であるが、しかし「コノテーション」による構造分析は「意味の複数性」を示すことにとどまっている。ところが『記号の国』のほうは、「意味の中断」という新しい可能性をみせ、断章形式や「わたし」によって「ロマネスク」を語ることという新しいエクリチュールを導入している。だからこそ日本への旅は、バルトの「知的風景をいちじるしく変化させた」できごとだったのである（六九年の「インタビュー」）。

そう考えると、二作品の出版順序はやはり妥当なものだったと言えるだろう。まず、『S／Z』の刊行によって「意味の複数性」を明確にしめして、分析的な批評の仕上げをした。そのあとに、『記号の国』の出版によって「意味の中断」や「ロマネスク」という新しい道をひらいたのである。

II 「わたし」が作家なら

作者の回帰

『記号の国』で「わたし」をもちいて書いたバルトであったが、その書きかたは唐突であった。最初の文を「わたし」ではじめたあと、第一段落のなかで五回ももちいている。だが、つぎの長い段落になると続かなくなる。いつのまにか「わたし」に「わたしたち」が混じり、やがて「わたしたち」だけになってしまう。まだ、「わたし」をつかいこなせなかったかのようである。

その翌年に、彼はふたたびこころみた。一九七一年に刊行された『サド、フーリエ、ロヨラ』の「序文」においてである。こんどは慎重になり、前半では一般的な「人は」だけをもちいて語ってゆく。後半になると「わたしたちは」が主流となる。つぎに「わたしは」の目的語である「わたしを」と「わたしに」が現れる。そのあとようやく、主語の「わたしは」が登場するのである。このように周到な段階を経ることによって、ようやくバルトは「わたし」を破綻なくつかうことができた。その後は、彼は「わたし」をもちいて書くことをけっしてやめなかった。

『サド、フーリエ、ロヨラ』は、書かれた年も分量も異なる四つの論考が集められた本である。一九六七年に発表された「サド　I」と、六九年の「ロヨラ」、七〇年の「フーリエ」、そして七一年の「サド　II」の四編である。さらに、七一年六月という日付の「序文」がつけられており、これには当時のバルトの考えが、ときには明瞭に、ときには暗示的にしめされている。そのひとつが、「わたし」という語を実際につかってみることであった。しかも、この序文において主語の「わたし」を最初にもちいたのは、「もし、わたしが作家なら」という意味ぶかい表現においてであった。また、この「序文」を書いた数か月後には、バルトはつぎのようにも語っている。

> わたしは自分を批評家だとは思っていません。むしろ小説家です。小説のではなく（これは事実ですから）、「ロマネスク」の書き手だと思っています。
>
> （インタビュー「答え」）

『記号の国』で見出した「ロマネスク」の道を、バルトは確信して進んでいる。自分は批評家ではないという言葉には、作家としての自負がにじんでいる。このようにして、「小説家」や「作家」という言葉が、さりげなくもどってきた。さらに、読書の楽しみを語ることによって、「作者」という言葉もゆるやかにもどってくるのである。快楽をもたらす本のことを考えると、その「作者」のことも考えるのは自然なことである。かつて、文学における「読者」の地位が認められていなかったときには、「作者」を遠ざけて「読者」の権利を手に入れる必要があった。だが『S／Z』以降は、「読者」が楽しみを語りうるようになり、そのためには「作者」のすがたが必要となってきたのである。こうしてバルトは、『サド、フーリエ、ロヨラ』の「序文」ではじめて「作者の回帰」について語ったのだった。

「テクスト」の快楽の指標は、フーリエとともに、サドとともに、生きることができるかどうか、ということだ。

「テクスト」の快楽は、作者の友好的な回帰ももたらす。回帰する作者とはもちろん、制度（文学や哲学の歴史と教育、教会の言説など）によって認められた人物ではない。伝記の主人公でもない。［……］それは、ひとりの個人（戸籍や精神にかかわるもの）ではなく、ひとつの身体なのである。

「作者」とはもはや、時代や社会のなかに生きて、作品の意味を決定する人間ではない。主体ではなく、身体である。「テクストの快楽」をあたえてくれる空間の名前である。そのような「作者」がもどってきたのである。

六〇年代後半の「作者の死」から、七〇年代の「作者の回帰」へ。そもそも、かつての「作者の死」は、作者の生涯によって限定されることのない読書の楽しみをみちびくための表現ではなかったか。そう考えると、結局は「作者の死」も「作者の回帰」も、読むことの快楽という同じものをもとめる言葉にほかならなかったという逆説にいたるのである。

水彩画を描く

日本での経験がバルトにもたらしたのは、文学における新たな道だけではなかった。絵画や音楽との関係もまた変化したのだった。

日本に滞在したとき、彼は俳画を目にした。俳句と、そのかたわらに慎ましく水墨画が配されているのを見て、彼はつぶやく。「どこからエクリチュールははじまるのか、どこから絵ははじまるのか」と（『記号の国』）。また、墨絵を見たときには、まさしく俳句のようだと感じる。そして書道に興味をもち、自分でもすこし習ってみる。

一九七一年六月末に、彼は俳画のようなものを何枚か描いている。一輪の花の絵と、その

バルトの水彩画（高等研究院のレターペーパーに描かれている）

下に数行の文がそえられている。だが、絵と文がなじまなかったのか、彼はすぐにやめてしまう。そして七月からは、文のない絵だけを描くようになる。自分にはやはり色彩ゆたかな水彩画のほうが合っていると思うのだった。

［絵を描くのは］わたしの身体の動きを広げたいとか、「手を変え」たい（使うのはいつも右手だとしても）という欲求もあるのだろう。また、この身体のなかに息づく欲動をすこしばかり表現したいという必要性もあるのだろう（色彩とはある意味で欲動なのだと言われている）。

（「ゼロ度の彩色」）

彼の描く絵は、ジャクソン・ポロックふうの抽象画である。だが、絵のサイズが小さく、水彩絵具やグワッシュ、クレヨン、インクなどでさらっと描かれているので、軽やかで、明るい色彩になっている。

バルトは一九七一年から七五年ごろまでは毎日のように絵を描いていたという。パリでもユルトでも熱心に描いた。その後も亡くなるまで描きつづけて、一〇年間で七〇〇枚ちかい絵を描いたようである。だが、描いた絵をすぐに友人たちに贈ったりしていたので、絵の半数ちかくが散逸してしまった。

彼が絵画評論をさかんに書くようになったのもそのころである。それ以前には、オランダ旅行から帰ったときに書いたオランダ絵画論「事物としての世界」（一九五三年）と、ニューヨークから帰ってきて書いたベルナール・ビュッフェ論（一九五九年）くらいしかなかった。だが日本から帰国したあとは、二〇編ほどの絵画論を書いている。テーマとして目につくのは、人体でアルファベットを描いたエルテや、野菜や果物で人の顔を描いたアルチンボルド、線と文字とが融合したグラフィックを描くサイ・トゥオンブリなどである。絵画と身体の結びつきが感じられる絵にとくに注目していたことがわかる。

音楽を語る

身体との結びつきという点では、より強いのは音楽であろう。彼は幼いころからずっと熱心にピアノを弾いてきたし、二〇代のときには声楽を習ったこともあった。五〇年以上のあいだ、身体で音楽を実践してきたのである。そのバルトが、音楽についてほとんど論じることがなかったというのは不思議なように思われる。いちどだけ、一九五六年に「ブルジョワの声楽芸術」という短い時評を書いたことがあった。当時の人気バリトン歌手ジェラール・スゼーの歌いかたを批判して、表現過多のメロドラマ的なブルジョワ芸術だと述べたのである。しかしそれ以降は、バルトは音楽についてはロをつぐんでいた。

だが一九七〇年二月に、突然にベートーヴェン論「ムシカ・プラクティカ」を発表する。雑誌のベートーヴェン特集号のために依頼されたからであったが、それだけではなかっただろう。論考を書いたのが、『S／Z』の刊行と同時期だったこともあり、ところどころに『S／Z』と似かよった点がみられる。たとえば、『S／Z』では「読みうるテクスト」と「書きうるテクスト」という二分法をもちいたのだが、この「ムシカ・プラクティカ」は「聴く音楽」と「演奏する音楽」という二分法で語っている。バルトが批評でよくもちいる二分法を採用することによって、文学批評から音楽批評へゆるやかに移行しようとしているように見える。

それ以後もバルトは音楽論を書き、一〇年ほどのあいだに一〇編以上を書くことになる。「ムシカ・プラクティカ」を書いたことがきっかけになったにせよ、やはり七〇年ごろにバルトの書きかたが変化したことが大きかっただろう。音楽について書いてみたいと思ったときに、ちょうどベートーヴェン論の注文があったのであろう。彼はのちに、自分の書くものについて、次のように述べている。

彼［バルト］の書くものには二種類のテクストがある。テクストⅠは反作用的で、憤り、恐れ、内心での反論、軽い妄想、防衛、いさかいなどに駆られたものである。テクストⅡは能動的で、快楽から生まれている。

（『彼自身によるロラン・バルト』）

ピアノを弾くバルト

一九七〇年以前のバルトの活動はほとんどが「テクストⅠ」であった。だが、日本に滞在したあとは、だんだんと「テクストⅡ」がふえてゆき、七〇年以降は「テクストⅡ」のほうが多くなっている。そのような変化があったからこそ、彼にとって快楽そのものである音楽について自然に書くことができるようになったのであろう。

一九七二年に、彼は「声のきめ」というタイトルの論考を発表する。歌曲の歌いかたについて論じたものである。現在の音楽界では「表現的で、劇的で、感情表現が明晰な」音楽がもてはやされており、そうした音楽がさまざまな形容詞をつかって称賛されている、とバルトは批判的に語る。一九五〇年代に彼が演劇の現状を批判したのと同じ言葉で、音楽の現状を嘆いているのである。そして、音楽の快楽をよりよく語るための言葉として、「声のきめ」を提案する。

声の「きめ」は響きではない（響きだけではない）。［……］

「きめ」とは、歌う声における、書く手における、演奏する手足における、身体なのである。［……］

声だけでなく、器楽にも、「きめ」が、あるいは「きめ」の欠如が、つねにある。

この「きめ」をとおして、のちにバルトは、かつての声楽の師シャルル・パンゼラを賛美する論考も書く。「きめ」は、七〇年代のバルトの重要な概念となって、やがて文学にも用いられるようになる。たとえば一九七三年の『テクストの快楽』において、「声のきめ」とは「響きと言語の官能的な混成物である」と語っている。このように、テクストと絵画と音楽とが手をたずさえて進んでゆくのが七〇年代前半のバルトなのである。

断章形式をめぐって

バルトは、俳句を知ることによって、自分自身の形式は「断章」であると自覚したのだった。したがって『記号の国』の本は二六の断章から構成されている。それだけでなく、それぞれの断章にタイトルをつけてならべてゆくという手法をとっている。このような形式は、『記号の国』以前には一九五四年の『ミシュレ』にしか見られなかった。『ミシュレ』の本も、好きな歴史家について書くというよろこびにみちた本である。

自分の著作のなかで、たいへん愛着をもっている本が二冊あります。［……］まず、ミシュレについて書いた小さな本です。それから日本について書いた『記号の国』です。

（「ジャック・シャンセルとの対話」）

『ミシュレ』から一五年がすぎ、ふたたび好きな対象について書くことによって、バルトは自分の道にもどってきた。断章にタイトルをつけて並べてゆくという方法を取りもどしたのである。

こうした変化は『サド、フーリエ、ロヨラ』の本にはっきりと表れている。この本は四つの論考を集めたものであるが、その四つを『記号の国』の執筆時期と照らし合わせてみると、興味ぶかいことに気づく。『記号の国』を書き終えたのは一九六八年一一月である。それ以前に書かれた「サド　I」(六七年)は断章形式ではなく、普通の論文の形式をとっている。だが六九年以降に書かれた「ロヨラ」「フーリエ」「サド　II」はすべて、タイトルをつけた断章集になっている。『記号の国』で再開したタイトルつきの断章形式の手法を、これらの三つの論考でも意識的にもちいているのである。

『サド、フーリエ、ロヨラ』を一九七一年に刊行したあとも、彼はさらに断章についての考察をつづける。七二年夏にジョルジュ・バタイユについてのシンポジウムがあり、そこでバルトは「テクストの出口」という発表をする。バタイユをめぐる、あまり長くない論考であるが、タイトルをつけた一〇の断章で構成されており、『記号の国』での形式を踏襲している。さらに、冒頭には前書きの部分がつけられており、その前書きはバタイユについてではなく、断章形式について述べたものであった。

これらの断章は、たがいの断絶が多かれ少なかれ強調されている状態になるでしょう。わたしはこれらの文章の出口を連結したり編成したりするつもりはありません。いかなる連結も（注釈のいかなる組織化も）確実に裏をかくために、そして「展開」や展開されたた主題のいかなるレトリックも避けるために、これらの断章のひとつひとつにタイトルをつけて、それらのタイトル（それらの断章）をアルファベット順にならべました。アルファベット順というのは、ご存知のように、順序であり、無順序です。意味をもたない順序、零度の順序なのです。

（「テクストの出口」）

一般に、断章形式では、断章群がならんでいる順序になにか意味はあるのだろうかと考えさせられることが多い。そして順序になんらかの意味があれば、論理的展開や構成方法などをつうじて、断章形式の意味が限定されることになる。だがアルファベット順にならべると、順序の意味はなくなって、断章形式の意味自体が中断されたものとなる。そのように考えたバルトは、俳句のような「意味の中断」をもとめて、断章をアルファベット順にならべたのである。

この「テクストの出口」は、一九七三年にバタイユ・シンポジウム論文集に収められて刊行された。その後も、バルトはこの方法をすこしずつ変化させながら続けてゆく。一九七三年の『テクストの快楽』では、九八の断章を四六のブロックに分けて一単語ずつのタイトルをつけ、タイトルのアルファベット順にならべている。ただし、タイトルは本文中には書かれず、目次のみに記されているのであるが。七五年の『彼自身によるロラン・バルト』では、三五〇ほどの長短の断章を二〇〇あまりのブロックに分け、各ブロックにタイトルをつけて、やはりアルファベット順にならべている。しかし、いつもアルファベット順をもちいていると、繰り返しの効果によって、その順序が意味を生じかねない。

だが、その順序が皮肉な結果になるかもしれない。ときには意味の効果を生じさせてしまうのである。そして、その効果が望ましくないのであれば、アルファベット順をこわさなければならない。

(『彼自身によるロラン・バルト』)

したがって、この『彼自身によるロラン・バルト』では、アルファベット順がところどころ乱されている。「B」の項目のなかに「N」ではじまるタイトルがまぎれこんでいたり、「D」のなかに「T」や「V」ではじまる言葉が混入していたりする。

そのあとの『恋愛のディスクール・断章』(一九七七年)では、断章を八〇のブロックに分け、やはりブロックにタイトルをつけているが、『彼自身によるロラン・バルト』とは異なり、ならべる順序は完全なアルファベット順にもどっている。

「断章」をめぐるバルトの試行錯誤は終わることがない。いずれにせよ、彼は日本で俳句を知ったことで「断章」を意識的にもちいるようになったのだった。そして自分が小説への願望をもった「作家」であることを自覚して、断章的な「ロマネスク」の道へと進んで行ったのである。

第四章　テクストの快楽――一九七三～一九七七年

I　身体のエクリチュール

テル・ケル派と友人たち

バルトが、前衛的な作家フィリップ・ソレルスと知り合ったのは一九六三年のことである。バルトの専属出版社スイユのパーティーのときだった。ソレルスは、六一年に実験的な小説『公園』を書いてメディシス賞を受賞し、著名な小説家になっていた。その前年に彼はスイユ社から文学季刊誌『テル・ケル』を創刊し、またスイユ社の「テル・ケル」叢書《そうしょ》の監修も担当していた。

パーティーでバルトはソレルスと意気投合し、それまでスイユ社の「ピエール・ヴィーヴ」叢書から出していたバルトの本を「テル・ケル」叢書に移すことに決めた。六四年刊行の『批評をめぐる試み』は、さっそく「テル・ケル」叢書から出されている。そして六七年からは、バルトは雑誌『テル・ケル』のほうにも寄稿するようになる。

一九七一年秋に、『テル・ケル』誌は第四七号をロラン・バルト特集号として刊行した。バルトにとってはじめての特集号であった。彼の「作家、知識人、教師」という長めの論考と、「答え」という長いインタビュー記事が掲載された。『テル・ケル』誌はちょうどこの年にフランス共産党と決別して毛沢東主義に近づきつつあり、この第四七号にもその声明文が載っていた。バルトは、そうした政治的行動にはかかわらない。しかし、文学的にはつねにソレルスに連帯しているようなところがあった。一九七二年のバタイユ・シンポジウムに参加したのも、主催者のソレルスに招かれたからであった。

バルトとソレルスは一見すると似ていない。年齢的にもバルトが二〇歳も上であるし、性格も行動様式もまったく違っている。しかしふたりは深い友情でむすばれていた。月に一、二回は夕食をともにして、文学について語りあった。ソレルスと話していると、バルトは文学や自分の仕事について肯定的な気分になることができた。エクリチュールにたいするソレルスの考えかたには共感したし、ソレルスの美しいフランス語を高く評価していた。

また『テル・ケル』誌はバルトに、高等研究院とは違った空間を、すなわち思考やエクリチュールのための新しい空間をあたえてくれたのであり、そのことにバルトは感謝の思いをもっていた。そして、ソレルスの挑発的な性格や政治的な過激さもふくめて、テル・ケル派という友愛的な空間をたいせつに思っていたのである。したがって一九七四年に、ソレルスらテル・ケル派の仲間たちが中国に旅行したときには同行することになる。また、七九年にソレルスがその前衛的な作品や政治的な転向を世間から批判されたときには、バルトは『作家ソレルス』という本を出すことによって弁護をしたのである。

ソレルスとの友情もふうがわりだったが、バルトの友人関係は複雑で、友人サークルはいくつにも分かれており、けっして混じり合うことはなかった。一九七二年ごろから、彼は高等研究院のセミナーの学生たちと親しく交わるようになる。何人かの学生は、バルトの家族同然となって、まわりからは「第一サークル」の友人とよばれた。彼らがよく集まったのは、ユセフ・バクーシュという「チュニジアの王子」のような若者の家だった。そこでの定期的な夕食会は、バルトにとって幸せな場所となった。

最初の著書を出版してから二〇年のあいだは、彼はパリの知識人階級のさまざまな友人サークルに出入りをしていた。そこでは、議論、舌戦、かけひき、賢さのひけらかし、いさかい、知的流行などがあって、彼には居心地のいい場所ではなかった。そんな彼が、一九七〇年代になってようやく、パリの知識人の欠点をもたない社交空間を見出《みいだ》したのである。それは、ユセフ・バクーシュというサロン主のアラブ的社交術のおかげでもあった。温和で暖かくて友愛的な夕食会は、バルトにとっての純粋な楽しみとなったのである。

一九七二年ごろから友好関係が変化したのは、彼の書く姿勢が変化したこととも関係があるのだろう。反作用的な「テクストⅠ」から、快楽による「テクストⅡ」へ移行しようとしていた彼の意志が、交友関係もまた、反作用的な知識人界から、穏やかで友愛的な空間へと変えたのであろう。

快楽と悦楽

快楽への移行を宣言するかのように、一九七三年にバルトは著書『テクストの快楽』を刊行する。この本では、「快楽」と「悦楽」というふたつの語がしめされて、重要な概念となっている。バルトは以前から、ふたつの概念を対比させる二分法をこのんでいたが、それがとりわけ重要となったのはやはり七〇年代に入ってからである。『S／Z』（一九七〇年）においては、「読みうるテクスト」と「書きうるテクスト」を提示した。「読みうるテクスト」とは、読むよろこびをあたえてくれる古典的なテクストであり、バルザックの『サラジーヌ』はそれにあたる。「書きうるテクスト」とは、作者の前衛的な実践につきそって読んでゆく現代的なテクストである。

「読みうるテクスト」と「書きうるテクスト」の二分法に重なるかのように、『テクストの快楽』では「快楽のテクスト」と「悦楽のテクスト」の概念が提示される。

快楽のテクスト。それは、満足させ、心をみたし、幸福感をあたえるもの。文化から生まれて、文化と縁を切ることなく、読書の「快適な」実践にむすびついているもの。悦楽のテクスト。それは、喪失の状態にするもの。不安定にするもの（おそらくはある程度うんざりするまで）。読者の歴史的、文化的、心理的基盤を動揺させ、読者の好みや価値観や記憶をゆるがすもの。言語との関係を危機におちいらせるもの。

「快楽のテクスト」は古典的な作品に結びつき、「悦楽のテクスト」は現代の作品に結びついている。まさに『S／Z』での「読みうるテクスト」と「書きうるテクスト」に重なっていると言えるだろう。そして、『S／Z』で「読みうるテクスト」のほうをえらんで『サラジーヌ』の分析をしたように、『テクストの快楽』では「快楽」を中心に語ってゆく。

わたしは毎晩、ゾラや、プルースト、ジュール・ヴェルヌ、『モンテ・クリスト伯』、『ある旅行者の手記』［スタンダール］、ときにはジュリアン・グリーンさえも読む。これがわたしの快楽だ。だが悦楽ではない。

バルトの読書の楽しみは、過去の作品である「快楽のテクスト」とともにあった。だから本のタイトルは『テクストの快楽』となっているのである。そして、快楽について語りながら、ごく自然に「身体」という言葉が口をついて出てきたのだった。

テクストの快楽、それはわたしの身体が、身体そのものの考えにしたがおうとする瞬間だ。——というのは、わたしの身体はわたしと同じ考えをもっていないからである。

だが彼が「悦楽のテクスト」について語るときには、よろこびにみちた気分はあまり感じられない。「快楽のテクスト」との二分法のために意図的につくりだした概念のように見えなくもない。あるいは、ソレルスたちのこころみる前衛的な作品を支持したいという気持ちから生まれた概念だと言ってもよいだろう。

この歴史の主体（とくにわたしがそうであるこの歴史的主体）は、過去の作品への好みと、現代の作品の支持とを同時にもつことに安らいでいられるどころか［……］、結局は「生きた矛盾」、すなわち分裂した主体でしかないのである［……］。

矛盾をかかえつつも、バルトはテル・ケル派を支持した。この『テクストの快楽』においては、とくにテル・ケル派の理論用語をしばしば用いている。たとえば「意味形成性（シニフィアンス）」という概念は、テル・ケル派の一人で、ソレルスの妻でもあるジュリア・クリステヴァの用語である。クリステヴァの説明によると「ラングのなかで実践され、語る主体の線上で、文法的な構造をもつコミュニケーションの意味の連鎖を配する、分化や重層化や照合のはたらき」という難解な概念となっている（『セメイオチケ』）。だが、バルトは意味をすこしずらして、感覚的かつ魅力的なひとことで語る。

意味形成性とは何か。「官能的に生みだされるものとしての」意味である。

テル・ケル派を支持しつつも、彼らの晦渋《かいじゅう》な言葉づかいにバルトはなじめなかった。そこで、快楽を語るために「理論のねじをすこし緩めて」彼らの用語をもちいたのである。快楽や身体について語る『テクストの快楽』は、一見するとバルトが読書のよろこびを高らかに語った、快楽から生まれた「テクストII」のように見える。ところがこの本の第一ページには、『テクストの快楽』のエピグラフとしては驚くべき文が記されていたのである。

わが生涯の唯一の情熱は恐れであった。――ホッブス

一九七五年初めにおこなわれたインタビューにおいて、バルトは『テクストの快楽』を書いた理由について説明している。フランスの知的言語活動において快楽といったものが排除されている現状にふれたあとで、つぎのように言う。

そのことへの反動として、この言葉［「快楽」］をわたしの個人的な領域にふたたび取り入れたかったのです。その言葉を規制せずに、解放し、脱＝抑圧させたかったのです。
（インタビュー「ロラン・バルトのための二〇のキーワード」）

『テクストの快楽』は、快楽から生まれた「テクストII」ではなく、反論や防衛や恐れなどによって書かれた「テクストI」であった。「快楽」が抑圧されている現状にたいする反作用から生まれた作品だったのである。

一九七〇年代に入って、バルトは一気に「作者」「身体」「わたし」「快楽」「断章」などの言葉をもちい、「ロマネスク」のほうへ進もうとしていた。しかし彼自身が古典作品の愛好

と前衛的作品を支持する気持ちとのあいだで不安定に揺れていたし、「快楽」のために書きつつも、自分の言葉が勝手に肥大してゆくような、言語の力への恐れを感じずにいられなかった。文学作品や言語にたいする愛と、自分の言葉の力にたいする恐怖。このような愛と恐れがその深みをみせているのが『テクストの快楽』という本なのである。

中国旅行

一九七四年四月に、バルトは文化大革命のただなかの中国を旅することになった。中国大使館から『テル・ケル』誌のメンバーにあてて、公式の招待状が送られてきたのである。旅行費用は参加者自身が負担するが、旅程はすべて中国側が決める、という奇妙な招待だった。バルトはあまり乗り気ではなかった。だが、ソレルスやクリステヴァたちの中国への熱意につきあうために承諾し、結局、『テル・ケル』誌の仲間五人で旅立つことになった。北京《ペキン》から上海《シャンハイ》、南京《ナンキン》、洛陽《ルオヤン》、西安《シーアン》とまわり、ふたたび北京にもどってくるという約三週間の旅であった。

五人は、四月一二日の夜に北京に到着する。翌一三日の朝に、さっそく天安門《てんあんもん》広場へ出かけた。そのときに撮られた写真がある。クリステヴァをのぞく四人（おそらく彼女がカメラを構えているのだろう）と通訳二人が写っている。ソレルスたち三人はくつろいだ観光客と

天安門広場で（右から２人めがバルト、４人めがソレルス）

いった雰囲気であるが、バルトだけはすこし後ろに下がって、不機嫌そうな顔をみせている。気のすすまない旅行だと言いたげだ。事実、ソレルスもクリステヴァも、バルトが旅行のあいだずっと不機嫌だったと証言している。

旅行ルートも日程も、すべて中国政府によって決められていた。どの町へ行っても、人民公社や記念館や学校の見学と討論会ばかりで、それ以外の場所へ行くことは許されなかった。そしていつもかならず、毛沢東崇拝と林彪《りんぴょう》・孔子《こうし》批判をくりかえし聞かされるのだった。バルトはうんざりした。しょっちゅうお茶が出されるのだが、色も味も薄くて、そのことにもうんざりした。博物館や遺跡見学に行ったときは、彼だけマイクロバスから降りずに見学が終わるまで待っていたこともあった。つぎの都市へ移動するために列車に乗ったときには、バルトたちは特別車両に閉じこめられて、人々と接触しないようにされていた。車窓から外を見るしかなかったので田園風景をながめたが、平板で味気ない国だとしか思えなかった。列車のなかでバルトは手帳に書きしるす。

おそらく、ここにメモしたことすべては、この国でわがエクリチュールが破綻したこと（日本とくらべてだが）を証明するであろう。実際に、書きしるすべきことも、列挙すべきことも、分類すべきことも、何も見つからないのだから。（『中国旅行ノート』）

日本が新しいエクリチュールを実践する勇気をバルトにあたえたのにたいして、中国旅行は失望ばかりをあたえたようである。

フランスに帰国するとすぐに、彼は高等研究院のセミナーで旅行報告をおこなった。セミナーという親密な空気のなかだったので、旅の印象を率直かつ辛辣《しんらつ》に話した。バルトは言う。すべてが毛沢東主義崇拝という唯一の意味に還元されている中国は「非＝意味形成性」の国であり、「味気なさ」を感じさせる国である、と。意味の複数性もなければ官能性もない。「味気なさ」は、たえず出される薄いお茶や、平板な田園風景にも象徴されている。結局、印象にのこったのは、自分たちを認めてほしい、好きになってほしいという中国人の要求だけだったという。それにたいしては「賛同」ではなく「同意」と言うことにしたい、とバルトは語って、旅行報告を終えたのだった。

セミナーの二週間後に、彼は五月二四日付の『ル・モンド』紙に「では中国は？」というエッセーを発表する。新聞紙上なので、セミナーのときよりも表現も内容もおさえられている。「意味形成性」の問題については、表現をやわらげて「意味形成性は目立たず、稀《まれ》だと言ってもいいほどだ」「中国には色彩がない」と書く。田園風景については、おなじように「平板だ」と書きつつも、セミナーでは「文化や歴史のいかなる痕跡もない」と言っていたのが、新聞紙上では「いかなる歴史的建造物も田園風景を遮っていない」と、奇妙にねじれた書きかたをしている。好きになれなかったものにたいして、苦心して両義的な表現で語っていることがわかる。

三週間の中国旅行のあいだ、バルトはずっと手帳に細かいメモを書いていった。手帳は三冊にもなった。しかしその手帳から生まれたのは、高等研究院での五月八日のセミナーと、『ル・モンド』紙の五月二四日付の記事だけだった。本はもちろん、論考さえ書かれることはなかった。三冊の手帳はバルトの仕事部屋のひきだしにしまい込まれたまま月日がすぎ、彼の死後三〇年近くしてから刊行されることになる。

自伝的な断章群

一九七三年夏からバルトは、つぎの本の執筆に取り組んでいた。一年のあいだ、すこしずつ書きためてゆき、七四年九月三日に書き終えた。本は七五年二月に刊行される。『彼自身によるロラン・バルト』というタイトルの自伝的な作品だった。批評界の驚きは大きかった。七年前に「作者の死」を語っていたバルトが自伝的な作品を書いたことへの驚きだった。二月一四日付の『ル・モンド』紙は二ページを書評にさいて、「バルトはどこへ進んだのか。自分自身へ、だ」と論じた。

自伝的作品といっても、『彼自身によるロラン・バルト』は人生を年代順に語ってゆく伝統的な自伝ではなかった。子ども時代の思い出や、現在のできごとや思考などを、脈絡のある物語としてではなく断章形式で語っているのである。三五〇ほどの断章を二〇〇あまりのブロックに分けてタイトルをつけ、アルファベット順にならべている。

この八月六日、田舎で。光輝く一日の朝だ。太陽、暑さ、花々、沈黙、静けさ、光の輝き。何もつきまとってこない。欲望も攻撃も。仕事だけがここにある。わたしの前に。一種の普遍的な存在のように。すべてが充実している。

これは、最後におかれた断章のなかの文である。この断章のあとには「一九七三年八月六日〜一九七四年九月三日」という本全体の執筆期間がしるされている。つまりこの断章は、一一か月間の執筆の初日に書かれたのであろう。断章の内容からも、そう考えられる。したがって、本を最後まで読んでゆき、この断章と日付をみると、本の最初にもどりたくなる、という不思議な効果が生まれる。プルーストの小説『失われた時を求めて』のようである。主人公が小説を書こうと決心するところで小説は終わり、主人公がこれから書く小説はおそらく『失われた時を求めて』になるであろうという螺旋《らせん》構造である。それとおなじような構造が『彼自身によるロラン・バルト』にも感じられる。ところが、作品の冒頭にもどろうとしても、断章がアルファベット順にならべられているために、もどるべき冒頭がわからず、読者は途方にくれてしまう。

そもそも、自伝的な作品とは、作者である「わたし」の真実を語ろうとするものである。しかし、本の見返しのページにはこう書かれている。

ここに書かれていることすべては、小説のひとりの登場人物によって語られているとみなされねばならない。

作品の中ほどのページにも、おなじような文がある。

ここに書かれていることすべては、小説のひとりの登場人物によって――むしろ何人かの登場人物によって――語られているとみなされねばならない。

これらの文によって、自伝というジャンルの前提が揺らぐことになる。自伝作品においては、話のなかの主人公と、その話を語っている語り手と、その作品の著者である作者は、おなじひとりの「わたし」でなければならない。ところが、この作品の語り手は「小説の登場人物である」と言うことによって、作者と語り手はおなじ人間ではなくなってしまう。しかも話が進むにつれて、その登場人物はふえてゆき複数になるのである。

さらにこの作品では、主人公のことが「わたし」「あなた」「彼」とつぎつぎと言い変えられている。語り手が主人公のことを「わたし」と言えば、語り手と主人公はおなじ人物だということになる。「あなた」とよべば、語り手の対話者となる。「彼」とよべば、「わたし」でも「あなた」でもない別の人間だということになり、作品は三人称小説のようになってしまう。こうして、作者と語り手と主人公の関係はかぎりなく乱され、「わたし」の意味は複数化され分散されて、空虚な中心のようになってしまう。

断章で書く。すると断章は、円周上の石となる。わたしは丸く広がってゆく。わたしの小さな宇宙全体が破片になる。中央には何が？

空虚な中心である「わたし」のまわりに散らばった断章群。かつて『記号の国』のなかで、中心が空虚である東京について、「空虚な中心にそって紆余《うよ》曲折がくりかえされて、想像的なものが円をえがくように広がってゆく」とバルトは書いていた。おなじように空虚な中心である「わたし」のすがたを見せているのが、『彼自身によるロラン・バルト』なのである。

記憶想起

『彼自身によるロラン・バルト』のなかでは、日本への直接的な言及はほとんど見られない。しかしところどころに日本での経験の痕跡や雰囲気が感じられる。たとえば、本の中央部あたりに「ひとやすみ」という数ページがある。そこには、二行から数行の短い詩のような文章が二〇ちかく置かれ、それらをバルトは「アナムネーズ（記憶想起）」とよんでいる。子ども時代の、とりわけバイヨンヌの思い出が短い言葉で表現されており、どことなく俳句を思わせる。

市街電車に乗って、日曜日の夜、祖父母の家から帰る。夕食は、寝室の暖炉のそばで、スープとトーストだった。

幼いころのバルトは、母といっしょに毎日曜日に祖父母の家をたずねていた。昼食やお菓子をたっぷりとごちそうになって帰るので、夕食はあまり食べられない。やすむまえにスープでも、と母子は暖炉のまえでスープとパンを食べる。そんな光景が俳句のような雰囲気で語られている。実際にバルトは、「アナムネーズ」とは「俳句そのものである」と語っている。日本での俳句の夢、「ロマネスク」への思いが、『彼自身によるロラン・バルト』のなかで、このようなかたちをみせているのである。

バルトはつづけて言う。「『伝記素』は、まさに人の手によるアナムネーズそのものだ」と。「伝記素」とは、バルトが「伝記」の語と「要素」の語から作った造語であり、『サド、フーリエ、ロヨラ』(一九七一年)のなかではじめて用いた概念である。

もしわたしが作家であり、死んだとしたら、友好的で気楽な伝記作家の配慮によって、わたしの生涯がいくつかの細部に、いくつかの好みに、いくつかの変化に、つまりいくくつかの「伝記素」だけにしてもらえたら、どれほどうれしいことだろう。

バルトは自分の「伝記素」を人の手にまかせるのではなく、自分の手で実践して、『彼自身によるロラン・バルト』の本を作ったと言えるだろう。そういった意味で、この本は日本滞在以来、彼が考えていた「ロマネスク」作品の試みのひとつでもあったのである。

本を書くきっかけは、スイユ社主催の昼食会だったという。みなで歓談していたときに、作家が自分の作品について批評を書くのは興味ぶかいのではないかという話が出たそうである。バルトは遊び心ですこし書いてみた。すると、書くことの理論と実践という重大な問題がもちあがって、自分にとってのエクリチュールのさまざまな問題を考察しなければならなくなった。だからこの作品では、断章とその順序や、「わたし」と人称、「ロマネスク——小説的なもの」と「自伝的なもの」といった、彼にとっての大問題が、子ども時代の記憶や現在の思考を縦糸にして織り上げられているのである。

II　セミナーから講義へ

恋愛のディスクール

『彼自身によるロラン・バルト』が刊行される約一か月まえに、バルトは高等研究院でセミナー「恋愛のディスクール」をはじめていた。セミナーは一九七五年一月九日にはじめられ、四月一七日まで、一三回おこなわれた。そのつぎの年もつづけられ、七六年一月八日から三月一九日まで、一一回おこなわれた。高等研究院でのバルトのセミナーには二種類の形態があった。履修学生の研究発表が中心となる「限定セミナー」と、自由聴講生にむかってバルトが講義的に話す「拡大セミナー」である。「恋愛のディスクール」は「拡大セミナー」であり、二年間をあわせて二四回おこなわれた。そして翌七七年三月に、『恋愛のディスクール・断章』として刊行される。

この作品は、「わたし」が語る、さまざまな恋愛の場面を集めたものである。それぞれの場面は「フィギュール」と呼ばれており、これは舞踏や運動におけるポーズやフォームのようなものである。バルトは、まえがき「この本はどのように作られているか」のなかでこう語っている。

高等研究院でのセミナー

フィギュールは、いま起こっているディスクール［言説］のなかに、かつて読んだり聞いたり経験したりした何かを認めうるたびに、くっきりと見えてくる。［……］すくなくとも誰かが「まったくそのとおりだ、この言語場面にはおぼえがある」と言いさえすれば、フィギュールは成立するのである。

『若きウェルテルの悩み』を中心とした文学作品や、バルト自身の経験、オペラや歌曲、友人たちの言葉などから、さまざまな場面を取り入れて、「わたし」が「フィギュール」を語ってみせる。だがその「わたし」は、文学や音楽の作品中の登場人物ではなく、バルト自身でもなく、恋する主体という抽象的で断片的な「わたし」である。「ロマネスク」な

「わたし」だと言ってもよいだろう。

作品の形式は、アルファベット順にならんだ断章集であるが、これまでになく重層的となっている。全部で四〇〇近い大小の断章があり、それらを三〇〇ほどのグループにまとめる。さらにおなじような場面ごとにまとめて、八〇のグループをつくる。その八〇グループそれぞれにタイトルをつけ、副題とフィギュールの梗概もそえて、タイトルのアルファベット順にならべるのである。

たとえば、最初のフィギュールをみると、まず「わたしは沈みこみ、押しつぶされ……」という副題があり、つぎに「沈みこむ」というタイトルがあり、そのあとに「絶望あるいは歓喜によって恋愛主体にもたらされる突発的な茫然《ぼうぜん》自失」という「沈みこむ」というフィギュールの説明が書かれている。そのあとに、五つのブロックに分かれた七つの断章があらわれるのである。最初の断章はこうである。

今朝（田舎で）、曇り空で暖かい。わたしは苦しんでいる（なにかわからないできごとに）。自殺したいという思いがあらわれる。うらみなどまったくない（だれも脅しはしない）。ぼんやりとした思いなのだ［……］。

バルトは恋多きひとであった。セミナーでも、ひとりの男子学生に不毛な恋をしていたという。それゆえに、恋愛といっても苦悩や悲しみの場面が多くなっている。しかしどの読者にも「この場面にはおぼえがある」と感じられるような箇所があちこちにあって、大いに共感をよんだ。一九七七年三月に出版されるやいなや、本はたいへんな売れ行きをみせた。バルトは、はじめてテレビの人気読書番組「アポストロフ」に出演する。放映のあとは本はいっそう売れて、ベストセラーになった。

コレージュ・ド・フランス教授

一九七四年春ごろからバルトは、フランスにおける最高の高等教育機関といわれるコレージュ・ド・フランスの教授に立候補したいと考えるようになっていた。碑銘学のルイ・ロベール教授が退官して、教授の空席ができたのである。コレージュ・ド・フランスの教授になるには、立候補をして、コレージュ教授会で投票によってえらばれねばならない。

一九七五年春にバルトは正式に立候補を決め、ミシェル・フーコーが応援することになった。フーコーは推薦文を書き、七五年一一月にコレージュの教授会で第一回投票がおこなわれた。碑銘学の講座を継続してジャン・プイユーを教授にむかえるか、ロラン・バルトをむかえて文学記号学の講座を新設するかを決める投票であった。投票結果は、バルトに二三票、プイユーに二二票であり、わずか一票の差で文学記号学を新設することに決定した。数か月後に第二回投票がおこなわれた。文学記号学の講座の教授として、バルトをえらぶことを最終的に決定するための投票である。七六年三月に投票がおこなわれ、バルトに二八票、棄権が一三票であり、バルトが文学記号学の講座の教授に就任することが決まった。そして七六年五月一一日に新聞紙上で公式発表がなされた。

これまでのバルトの人生は、ことごとくエリートコースからはずれてゆくものであった。肺結核が原因でエコール・ノルマルに入ることができなかった。大学教授資格試験を受けることもできなかった。博士論文を提出することもできなかった。そのバルトが晩年になって、人生のどんでん返しのように、フランスで最高の高等教育機関コレージュ・ド・フランスの教授になったのである。

二年間もかけて、ようやく就任が決定したように、ものごとはゆっくりと進んでいった。バルトの就任講演（開講講義）は、年明けの一月におこなわれることになった。それまでは彼の生活は変わらない。まず「恋愛のディスクール」のセミナーを本として仕上げた。夏には、友人とともにバイロイト音楽祭にでかけて、ワーグナーの『ニーベルングの指環《ゆびわ》』四部作の全曲を聴いたりした。バイロイトのホテルの部屋では、バルトは水彩画を描いて楽しんだりした。

秋になると、バルトは引っ越しをする。一九五五年からずっと、セルヴァンドニ通りの六階と屋根裏部屋に住んでいたが、おなじ建物の三階に移ることにした。その建物にはエレベーターがなく、八〇歳をすぎた母アンリエットが六階まで上がることが困難になっていたのである。いままで住んでいた六階には弟ミシェルとその妻がのこり、バルトとアンリエットのふたりだけで静かに三階で住むことになった。そのころに、弟子で友人のエリック・マルティがバルトのアパルトマンをたずねて、はじめてアンリエットに会い、そのときのことを「ある友情の思い出」に書きしるしている。彼女は、高齢にもかかわらず、優雅さと魅力とにみちていたという。マルティは彼女の美しさに驚き、バルトがふかく母を愛していることに納得した、と書きとめている。

年が明けて一九七七年になり、一月七日にコレージュ・ド・フランスの大教室でバルトの就任講演がおこなわれた。教室は超満員で、廊下まで人があふれた。講演においては、彼は言語が権力であることをなによりも強調した。

言語は、たんにファシスト的なのです。というのはファシズムとは、何かを言うのを妨げるのではなく、何かを言うことを強いるからです。［……］言語においては、二つのことが必ず現れます。断言による権力と、反復による集団性です。

コレージュ・ド・フランスでの就任講演

言語の権力にたいするかなり孤独な闘いから出発した作家のうち、権力に取りこまれることを避けえた人はだれもいなかったし、今もいないと言うことができます〔……〕。このような作者にとっては、転位するか──または執着するか──または両方を同時におこなうか以外の逃げ道はないのです。

（『文学の記号学』）

ここでの「執着する」とは、文学が還元不可能であると主張することであり、「転位する」とは、「人が期待していない場所に身をおくこと」である。「自分が書いたものが集団的権力に利用され服従させられつつあるときには、きっぱりと捨て去ることです」とバルトは語っている。これは彼がそれまでずっと実践してきたことだと言えるだろう。他人のであれ自分のであれ、つねに言語の権力をおそれつづけた彼は、権力の裏をかき、権力から逃れるために、書くものの対象や方法を変えてきたのである。

就任講演の最後に、彼は、コレージュ・ド・フランスという新しい場所に入ることで自分は「新たな生」をはじめるのだ、と語っている。そして、つぎの言葉で講演を終えたのだった。「いかなる権力もなく、すこしの知と、すこしの知恵と、そして、できるかぎりの味わいを」(『文学の記号学』)。

ノルマンディーの城で

コレージュ・ド・フランスの教授は、年間二六時間の授業をおこなわねばならない。授業はすべて、聴衆のまえでの公開講義である。

一九七七年度のバルトの授業は、二六時間を一四回の講義と一二回のセミナーにふりわけている。セミナーもやはり講義形式でおこなわれ、ゲストスピーカーによる講演が中心となった。講義のほうは、一月一二日から五月四日まで、「いかにしてともに生きるか」というタイトルでおこなわれた。個人の孤独と共同生活をどのように調和させるかをテーマとしており、このテーマにはバルトのサナトリウム体験が反映していると言えるだろう。

この講義のためにバルトは数か月をかけて準備をし、講義ノートを作成した。使用した文献は五〇冊にのぼった。そのように準備をしても、講義は大聴衆の前で一方的に話すだけであり、聴衆からは同意も反論も指摘もなされない。そのような授業にバルトは失望をおぼえた。高等研究院でのセミナーがなつかしくなった。

そんなときに、スリジー＝ラ＝サル国際文化センターで、バルトをテーマとしたシンポジウムが開催されたのである。スリジー＝ラ＝サルは、フランス北部のノルマンディー地方にある十七世紀の城で、たくさんの人が長期宿泊をできるように、城全体が居心地よく改装されている。庭園は広大で美しい。城の一階には図書室があり、そこでシンポジウムがひらかれる。毎年、夏のあいだずっと、シンポジウムが数多く開催されている。

バルト・シンポジウムは、「ロラン・バルトをきっかけに」というタイトルで、一九七七年六月二二日から二九日まで開催された。バルトの元セミナーの学生たち、友人、バルト研究者など、総勢五〇名ほどが集まり、城で一週間をすごした。高等研究院での「限定セミナー」と「拡大セミナー」を合わせたような集いになった。一週間のあいだに一八名による発表と討論があり、そのなかにはバルト自身による発表「イメージ」もあった。自分の「イメージ」がいかに作られて固まってゆくかをフライドポテトにたとえて語り、それから逃れるためには「イメージ」を中断するしかないことなどを述べた。

シンポジウムの友好的な雰囲気にくつろいだバルトは、かつてのセミナーのときのように率直にいろいろと話した。そのなかでもっとも印象ぶかかったのは、討論の際に彼がなんども口にした「小説への欲望」である。

わたしはついに小説を書くのだ、［……］ついに大いなる苦行のようなものに入ろうとしているのだと考えて、なにか奇跡的に、幸福感にみたされ、力づけられました。

わたしが小説を書きたいと思うのは、わたしの愛する人たちを描きたいという頑固な欲求がずっと前からあるからです。［……］そうすると、おそらくは悲痛であると同時にたいへん興奮するやりかたで、断章の問題が生じてくることになります。なぜなら、断章という、わたしのエクリチュールにおける現在の熱愛対象を捨て去らねばならないことは大いにありうるからです。

もはや断章による「ロマネスク」ではなく、物語となった「小説」のほうを書きたい、という内心の思いをうちあける言葉であった。しかもすでに「小説」を書くことを検討しているともうかがわせた。三つの問題点があるために小説を書けないでいる、と語っているからである。その第一は、やはり、断章を物語にすることができないという点であった。第二は、ふさわしい固有名詞が見つからないことであり、第三は、小説の「彼」を書くことができないという点であった。これらは、バルトがさまざまなおりに語ってきたことばかりであるが、しかし自分が小説を書くための問題点として語るのははじめてである。彼が実際に「小説」を書くことについて検討しはじめたことを示していると言えるだろう。

母の死

小説を書きたい理由は「愛する人たちを描きたい」からである、とバルトは語っていた。そう言ったのは、母アンリエットのことがあるからだった。彼が生涯のほとんどをともに暮らしてきた愛する母アンリエットが、しばらく前から体力的に弱って、病気がちになっていたのである。バルトは不安に苦しんだ。そして母のことを小説に書きのこしておきたいという気持ちがつよまったのである。

バルトがスリジー＝ラ＝サルからパリにもどってきて、七月になるとアンリエットの体調はさらに悪くなり、寝たり起きたりの生活になった。夏のあいだは、例年のようにユルトの家に滞在して、静養をした。看病をしながらもバルトは心配でたまらず、エクリチュールによって不安を軽減しようと日記を書きはじめた。母のすがたを書きのこしたいという思いも

母アンリエット

日記にしるされた。

ユ［ルト］、一九七七年七月一三日

暗い思い、恐れ、苦悩。わたしは愛するひとの死を思いうかべる、取り乱す、など。

［……］

（［……］シャトーブリアン［十九世紀の作家］は、祖母と大伯母《おおおば》についてこう言った。「おそらくわたしは、このふたりが存在したことを知っている世界でただひとりの人間だろう」と。まさにそうだ。だが彼はそのことを書きのこしたので、わたしたちもまたそのことを知っているのだ。少なくともわたしたちがシャトーブリアンをまだ読んでいるかぎりは。）［……］

一九七七年七月一六日

［……］

マム［母］は、きょうは具合がいい。大きな麦わら帽子をかぶって、庭に座っている。すこし具合がよくなると、家のことが気にかかり、取りはからいたくなっている。［……］

一九七七年七月一八日

マムの誕生日。庭のバラのつぼみをひとつプレゼントすることしかできない。［……］

（「省察」）

休暇が終わり、八月末にバルトとアンリエットはパリにもどってきた。アンリエットは痩せ細っていた。パリに帰ったあと、容態はますます悪化してゆき、一〇月二三日に危篤状態におちいった。バルトは夜を徹してつきそった。一九七七年一〇月二五日午後三時半、アンリエットは眠ったまま息をひきとった。八四歳だった。

第五章　新たな生——一九七七～一九八〇年

I　喪の日々

喪と音楽

バルトは母アンリエットをふかく愛し、生涯のほとんどをともに暮らした。肺結核の治療のために学生サナトリウムですごした約四年間と、アレクサンドリア大学やモロッコ大学などで教えた二年弱をのぞいては、彼が母のもとを離れたのは短期間の旅行のあいだにすぎなかった。一九七六年秋からは、老いて体力のおとろえた母が暮らしやすいように下の階のアパルトマンに移って、ふたりきりで寄りそうように暮らしていた。その母が一九七七年一〇月二五日に亡くなった。死は、悲しみをこえた絶望的な思いをバルトにもたらした。

わたしが生涯を母とともに暮らしたから悲しみも大きいのだと、人はかならず思いたがる。だがわたしの悲しみは、母が「あのようなひとであったこと」から来ているのだ。あのようなひとであったからこそ、わたしは母とともに暮らしたのだ。（『明るい部屋』）

そのような存在を失ったバルトは、苦悩のなかで、言葉にすがりつくように日記を書きはじめた。死の翌日から、小さなカードに断片的な文がしるされてゆく。日記は二年間ちかくつづき、書かれたカードは三二〇枚にのぼった。

一〇月二七日

［……］このとき、重くて長い喪が厳粛にはじまったのである。この二日間ではじめて、自分自身の死を「受け入れられる」という思いがした。（『喪の日記』）

バルトと弟ミシェルは、アンリエットをユルトに葬ることに決めた。埋葬は一〇月二八日にバイヨンヌのプロテスタント牧師の立ち会いのもとにおこなわれた。埋葬の式のすべてが終わり、パリに帰ってからも、バルトの悲嘆はつづいた。喪の苦悩が発作のように断続的におとずれて、取り乱した文を日記に書きなぐることもあった。

一一月一日

［……］ふかく絶望しつつも、本心を隠して自分のまわりを暗くさせないために闘っているのだが、ときおり、そうできなくなって「ぽきりと折れて」しまう。

一一月一一日

ひどい一日。ますます不幸だと感じる。泣く。

クリスマス休暇は、いつものようにユルトですごした。だがバルトにとってユルトは「母の家」であり、そこにいると悲しみは増すばかりだった。年が明けて、彼は書きしるす。

ユルト。強くて持続する悲しみ。たえず心にすり傷を負っている。喪はひどくなり、深刻化する。

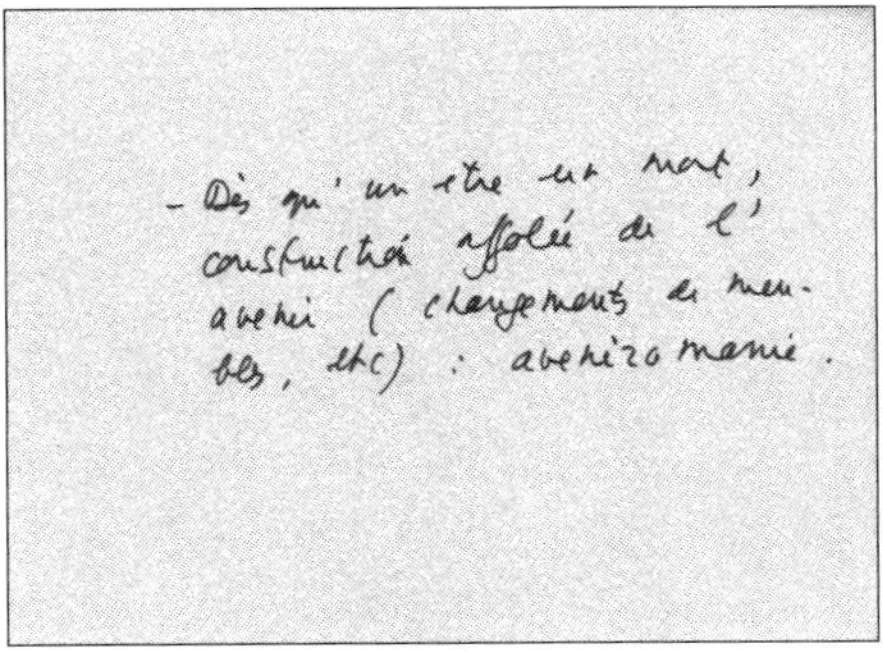

『喪の日記』のカード

やがてパリにもどってくるが、生活も苦悩も変わることなくつづく。二月一六日に書く。

今朝もまた雪だ。そしてラジオでは、ドイツ歌曲。何と悲しいことか！

バルトはシューベルトとシューマンの音楽を好んでいた。この日記を書く二週間あまり前には、あるラジオ番組に出演して話していた。音楽に救いをもとめたのだろうか。番組のなかで、シューベルトについて次のように語っている。

シューベルトとは、悲痛な苦悩、優しい苦悩なのです。シューベルトの音楽は母親の雰囲気に結びついているように見えることがおわかりでしょう。彼の音楽においては、たしかに「母親」の姿がたいへん重要です。事実、シューベルトの調べには、そのような感動、一体性、優しさの願い、たしかに非常に強い母親のイメージを思わせる愛情の希求などがあるのです。

（「シューベルトについて」）

母の死から二年ほどすぎた一九七九年秋にも、シューマンについて次のように書いている。

それ［シューマンの音楽］は、分散すると同時に単一的で、「母」の光り輝く影にたえず避難する音楽である（歌曲は、シューマンには多数あり、このような母との一体性を表現している、とわたしは思う）。（「シューマンを愛する」）

シューマンやシューベルトの音楽は、バルトに悲しみを喚起し、意識させる。だが同時に、彼を母の影のなかに避難させる音楽でもあった。そして残酷な喪を優しい苦悩に変えて、彼をなぐさめてくれたのである。

コレージュでの講義

二月になり、コレージュ・ド・フランスでの二年めの講義がはじまる日が近づいてきた。その年の講義のテーマは「〈中性〉について」と以前から決まっていた。一九七八年二月一八日に、予定どおりに講義が開始された。はじめに使用文献や梗概などを語ったあとで、バルトはこう話す。

何人かは知っていることですが、この講義のテーマを決めた時点（昨年の五月）と、講義の準備をしなければならなかった時点とのあいだに、わたしの人生において深刻なできごとが、ひとつの喪が起こりました。「中性的なもの」について語ろうと決めた、かつての主体と、これから語ろうとしている主体とは、もはや同じではないのです。

（『〈中性〉について』）

「中性」とは、バルトが生涯をつうじて求めつづけてきたものである。一九五三年の『零度のエクリチュール』では「零度」という言葉でしめされていたし、七〇年代は「エポケー（判断中止）」という言葉で語られもした。「ハ長調の音楽」という表現をもちいることもあった。「意味の中断」も、「中性」に近いものだと言うことができるだろう。このように生涯のテーマであった「中性」について、バルトが本格的にコレージュで講じたいと考えたのは当然のことであろう。

だが、講義題目を決めた四か月後に母を亡くし、バルトの気持ちは一変した。彼の心をひくのは、もはや「中性」ではなく、愛と死と苦悩の問題であった。だがコレージュの講義題目は印刷されて掲示されているので、変えることはできない。そこで彼は、「愛」と「死」というモチーフをむりやりに注ぎこむことによって、かろうじて「中性」について語ろうとしたのである。

神は、愛と死を同時に創《つく》るべきではなかっただろうということです。「中性」とは、この断固たる「拒否」なのです。

五月一三日の講義では、「隠遁《いんとん》」について語った。プルーストの名をあげて、彼が母親を亡くしたあとに隠遁して、作品を書いたことを話す。「修道院に入るように、『作品のなか』に入ったのです」と。そして最終日の六月三日の講義では、東陽英朝《とうようえいちょう》編の『禅林句集』の一句を引用する。

何もせず静かにすわっていると、春が来て草が自然に生えてくる。

（兀然無事坐春來草自生）

母が亡くなったあとのバルトの生活は、暗い隠遁のようであった。そして苦悩と陰鬱のなかで、気分にそぐわない「中性」の講義を始めざるをえなかった。だが結果的には、それがかすかな希望をバルトにあたえることになった。いまは残酷な喪のなかで不毛に凍りついているが、やがて春が来て、草が、作品が生えてくるのではないか。プルーストのように、喪の隠遁から作品を生みだすことができるのではないか、と。

四月一五日の回心

不毛な喪から脱する希望がうまれたのは、本の注文を受けたからでもあった。一九七八年三月にカイエ・デュ・シネマ社から、写真をめぐる本を書いてみませんかという依頼があったのである。まだバルトには、どの写真をつかって、どのような本を書くかは見当もつかなかったが、母をめぐる本にしたいとぼんやりと考えて、とにかく引き受けることにした。そして三月二三日の『喪の日記』に書く。

「写真」についての本にとりかかる自由な時間を［……］早く見つけたいと思う。つまり、わが悲しみをエクリチュールに組みこむこと。

喪の悲しみを作品に変えようとする必死の思いがみられる。言葉が、エクリチュールが、自分を救ってくれるだろうという信念が彼にはあったのである。

一九七八年四月になり、復活祭の休暇がおとずれた。バルトはモロッコへ向かった。カサブランカにアパルトマンを借りてしばらく滞在する。四月一五日に、友人たちと郊外へドライブに出かけることになった。カサブランカからラバトへ向かう道は、途中が渓谷になっており、みごとな滝が見られるのだ。だが美しい谷間の滝をながめても、バルトはただ悲しく陰鬱な気分になるだけだった。母が亡くなってからは、なにをしても、いつもこうだ、と思う。そしてカサブランカのアパルトマンにもどってくる。部屋にひとり、ベッドに身を投げだして、悲しみと孤独感に苦しむ。そのとき突然に、回心をうながす声のようなものを感じたのだった。

ひとつの考えが現れ出る。「文学的」回心のようなものが。このとても古い二語が頭にうかんでくる。文学に、エクリチュールに入るのだ、と。いまだかつて書いたことがなかったように「書く」のだ。もはやそれしかしない、と。（『小説の準備Ⅰ』）

バルトは決心する。残された人生のすべてを、新たな作品を書くことにささげて生きるのだと。これが「四月一五日」の啓示であり、回心である。だがそれを実践するためには、コレージュ・ド・フランスの教授を辞任すべきではないか、とも思う。講義はエクリチュールの妨げになるからだ。いや、コレージュでの講義と、作品の計画とを一致させればよいのだ。こうして、一九七八年末からの講義は、「小説の準備」というテーマにすることになった。ようやく、これからの生活のかたちが、不毛な喪からの出口が、見えてきたのである。母の死から六か月近くがすぎていた。

「温室の写真」

新しい作品を書くことに人生をささげようと決意しても、まだ作品の構想は見えなかった。そのまえに写真についての本を書かなければならないが、それもどのような内容にすべきか決まらないままだった。鬱々とした日々がつづく。とにかく母の写真を見ることにした。

一九七八年六月一一日

［……］朝は、マム［母］の写真をながめることから始まった。残酷な喪がふたたび始まる。

（『喪の日記』）

写真を見ることは、バルトに新たな苦痛をもたらした。どの写真も、母の顔とは違うように思われた。彼は二重に母を失ってゆくような悲しみを感じて、いっそう苦しんだ。翌日の日記には「悲しみの発作。泣く」と記している。だが翌々日に、奇跡がおとずれる。

一九七八年六月一三日

「……」今朝、やっとのことで写真を手にとり、一枚の写真に心ゆさぶられた。少女のマムが、おとなしく、ひかえめに、フィリップ・バンジェのかたわらにいる写真だった（シュヌヴィエールの温室、一八九八年）。涙がでてくる。自殺したいという思いもなくなる。

それは、母アンリエットが五歳、その兄フィリップが七歳のときの写真だった。温室のなかで、ふたりだけで並んで撮ったものである。その少女の顔をみてバルトは、母のあるがままの姿を発見したと感じ、真実に目がくらむような思いがした。

この「温室の写真」はわたしにとって、シューマンが発狂するまえに書いた最後の曲、あの『暁の歌』の第一曲のようだった。母の本質とも一致するし、母の死によるわたしの悲しみとも一致している。

（『明るい部屋』）

「温室の写真」によって、バルトは母のすがたを取りもどした。この写真を中心にして、写真についての本は書かれることになるだろう。しかし、写真の発見は、バルトを救いはしたが、新たな苦しみをあたえることにもなった。翌日の日記には、「（八か月後に）第二の喪」

としか書かれておらず、彼の混乱した気持ちがみられる。翌々日には、すこし落ち着く。

一九七八年六月一五日

奇妙なことだ。今まで大いに苦しんだのに、ところが——写真のエピソードをとおして——「ほんとうの喪」がはじまるという感じがするのだ［……］。

一九七八年六月一六日

マムの写真をながめて、それらの写真をもとにした本の仕事のことを考えると、とても苦しくなる。

（『喪の日記』）

ただ不毛に苦しみ悲しんでいた第一の喪から、母の写真と向き合って、それを言葉にしてゆかねばならないという第二の喪へ。このときの気持ちが、『明るい部屋』の「停滞」という章で語られている。

わたしはたったひとりで、写真のまえに、写真とともにいる。輪は閉ざされて、出口はない。わたしは身動きもせずに苦しんでいる。不毛で残酷な不能状態。わたしは苦しみを「変換する」ことができない。視線をそらすことができない。

悲嘆をいかに作品にするのか。そのとき、またプルーストのことを思いだした。七月から八月半ばまでは、ひたすらプルーストを読む。彼の『失われた時を求めて』や『サント＝ブーヴに反論する』といった作品だけでなく、プルーストの伝記も読んだ。そのころのバルトの日記には、プルーストへの共感の言葉がならんでいる。プルーストが母を亡くしたときにしるした悲しみの言葉をひとつひとつ自分の日記に書きうつしてゆく。あたかも、悲しみを言葉にする術《すべ》をプルーストから学んでいるかのようだった。そして七月三一日と八月一日の『喪の日記』にはつぎのように書く。

悲しみに生きること以外はなにも望んでいない。

悲しみとともに生きることが――結局は――できるのだと、いつも（苦しみながらも）驚いている。それが文字どおり「耐えられる」ということに。だがそれは――おそらく――そのことを語り、文にすることがかろうじてできるからであろう（そうできないという思いとともに）。わたしの教養やエクリチュールの好みが、そのような悪魔祓《ばら》いの力や「組み入れ」の力をわたしにあたえているのだ。すなわち、言葉によって「組み入れる」ということだ。

ひとりの作家にとって、愛する人を失った悲しみに生きることとは、その悲しみを言葉にして語ることであり、そうすることで「新たな作品」を生みだしてゆくことである、とバルトは実感したのだった。

II　小説の準備

人生のなかば

母を失ってから一年のあいだは、バルトは論考らしい論考をほとんど書いていない。短い書評や序文などをいくつか、しぼりだすように書いただけだった。そのような沈黙が終わるのは一九七八年の秋である。この一〇月に、彼の「新たな作品」への意志が一気にすがたをあらわす。

まず一〇月一九日にコレージュ・ド・フランスで、講演「長いあいだ、わたしは早くから寝た」をおこなった。『失われた時を求めて』の冒頭の一文を題にもつこの講演は、「プルーストとわたし」とも言うべきものであった。講演は二部構成になっており、第一部はプルーストについて、第二部はバルト自身についてである。

第一部では、プルーストが評論の方向と小説の方向という二つの道で迷っていたことを考察する。だが一九〇五年に母が亡くなったあと、試行錯誤のすえにプルーストがえらんだのは評論でも小説でもない第三の形式であり、そのようにして『失われた時を求めて』を書くことができたのだった。作品の特徴は、書くことに到達するまでの主人公の人生を物語るのではなく、「書きたいという欲望」を物語にしていることだとバルトは言う。そしてそのための技法は、「わたし」をもちいて語ったことと、断章的なものを長い物語に織りあげた点であったと強調する。

第二部では、バルト自身の「書きたいという欲望」について語っている。ダンテの『神曲』の冒頭の言葉「われらが人生の道なかばにして」をあげて、バルト自身もまた「人生のなかば」にいると述べる。「人生のなかば」は年齢とはかかわりがない。愛するひとの死などの事件に直面することによって、人生に切りこみが入れられ、自分の人生を変えたい、新たに再開したいと願うようになる。そのようなときが「人生のなかば」であり、そのようにして選びとられるのが「新たな生」なのである。

わたしにはもう、いくつもの人生をこころみる時間はありません。わたしの最後の人生、新たな生、ミシュレの言った「ヴィタ・ノーヴァ」を選ばなければならないのです［……］。ところで、書く者にとって、書くことを選んだ者にとって、新しいエクリチュールの実践を発見すること以外に、「新たな生」はありえないと思われるのです。
（「長いあいだ、わたしは早くから寝た」）

こう語るバルトは、まさに「人生のなかば」に立って、「新たな生」のほうへ踏みだそうとしている。そして彼が「新しいエクリチュール」にたいして望むのは、愛する人たちについて語るということであった。

「新しいエクリチュールの使命は」わたしが愛する人たちを「語ること」を可能にしてくれるということです［……］。わたしは「小説」に、エゴチスムの超越のようなものを期待しています。自分の愛する人たちについて語ることは、彼らが「むなしく」生きた（しばしば苦しんだ）のではないと証言することになるのです。［……］歴史の虚無のなかに消え去らなくなるのです。

愛する人たちが生きたあかしを作品のなかに書きのこすこと、彼らの生を消滅させる「時間の虚無」とたたかうこと。これこそが、喪に苦しむバルトが現在を生きてゆく目的であり意味である。そうすることで彼は苦悩のときを生きのびることができるのである。

講演の最後でバルトは、これからは何か「について」語る者ではなく、何かを「作る」者になりたい、と断言する。このような内心の思いを講演という場所で率直に語ったのは、驚くべきことであった。おおやけに語ることで自分にも言い聞かせようとしていたのだろうか。それからのバルトはひたすら「小説」を書くことだけを考えるようになる。

これからは、書こうとする企図が、わたしの生における唯一の目的となるにちがいなかった。

（『明るい部屋』）

おなじころに、バルトは「固まる」という短い論考を書き、プルーストがいかにして長い物語を生みだしえたかという具体的な技法の細かい分析もしている。その技法とは、まず第一に、独特な「わたし」をもちいたことだった。第二に、正しい固有名詞を発見したことであり、第三に作品の規模を変えたことである。そして最後に、目立たなかった人物があとで大きな意味をもって登場する、という人物の「取り木法」をもちいたことであった。

この時期のバルトは、このように「小説」の目的と意図と技法とを真剣に考察していたのであるが、さまざまな仕事や雑用に追われて、「小説」の構想や執筆に集中することができないでいた。やがて、コレージュ・ド・フランスでの一九七八～七九年度の講義の開始日が近づいてくる。

「ロマネスク」から「小説」へ

一九七八年一二月二日に、コレージュでの年度講義「小説の準備Ⅰ　生から作品へ」がはじまった。初日の講義は「長いあいだ、わたしは早くから寝た」の講演で話したこととよく似た内容であった。バルトは「四月一五日の回心」のことを語り、『神曲』のダンテのように、わたしも「人生のなかば」にして暗き森に分け入り、「新たな生」、新たな作品をはじめたい、という決意を語った。

翌週の一二月九日の講義でも、やはり「長いあいだ、わたしは早くから寝た」の講演とおなじように、「愛」と「死」について述べている。「小説」は、「愛」のよろこびや「死」の苦悩を充分に表現する「最高善」なのである、と。

「小説」は世界を愛しています。なぜなら、「小説」は世界を混ぜあわせ、世界を「抱きしめる」からです。［……］「小説」とは、心の渇きや阻喪とたたかうための実践なのです。（『小説の準備Ⅰ』）

そのような「小説」を書きたいと願うバルトであるが、いくつもの困難がひろがっていた。まず「ロマネスク」の問題があった。一九七七年までのバルトは、小説的なものへの志向と断章形式への偏愛とをむすびつけて、「ロマネスク」という言葉で表現していた。「わたしはロマネスクの作家である」というふうに。しかし、「ロマネスク」はやはり小説的な断片にすぎなかった。彼は一二月九日の講義で語る。

「ロマネスク」は「小説」ではありません。まさにこの敷居をこそ、わたしは乗り越えたいと思っているのです。

だが、どのようにすれば「ロマネスク」から「小説」へ、すなわち断片的なものから持続した物語へと移行することができるのだろうか。彼にはまだ方法が見つからなかった。記憶の問題もあった。彼が好むのは、プルーストの『失われた時を求めて』のような記憶をテーマとした小説であるが、バルト自身はむかしのことをよく覚えておらず、年代も日付もあいまいな思い出が断片的に浮かんでくるだけだった。それらが自然にむすびついて物語を織りなすとは思えなかった。いかにして、点描的なものを小説につくりあげるのか。やはり、断章から物語への移行という問題にどうしても帰着してしまうのである。

一二月一六日の講義では、過去か現在かという問題も語られている。記憶をめぐる小説であるとはいえ、ただ過去をなつかしむのではなく、感情として現在に強くむすびついたものを描きたいとバルトは言う。では、現在のことを題材として、動詞の現在形をもちいて、小説を書くことはできないだろうか、と。そのときも、プルーストのことを思いだした。「つぎつぎと起こる日々の音楽を異なったものとする」のが小説である、とプルーストは語っていた。バルトは思う。「日々の音楽」とは、俳句そのものではないだろうか。俳句とプルーストでは、あまりにも対照的である。しかしバルトにとっては、こんなふうに書いてみたいと思った理想的なふたつのエクリチュールであった。こうして彼は、俳句（断章形式）とプルースト（長い物語）を比較検討することで、断章から小説への転換について考えてみることにする。

ふたたび俳句を

一九七九年一月六日に第四回講義がおこなわれ、この日からバルトは俳句について話しはじめる。「小説の準備Ⅰ」の講義はぜんぶで一三回であり、そのうち八回が俳句にあてられることになる。講義のなかで言及された俳句は六七句にのぼった。かつてバルトは、『記号の国』のなかで俳句について論じていた。一九七〇年の『記号の国』と、一九七九年の講義をくらべると、変わらない点も異なる点もあることがわかる。

俳句とは「意味の中断」であるという点では変わりがない。たとえば芭蕉の「山路来て何やらゆかしすみれ草」の句について、『記号の国』では、これを仏道の修行者に会ったことの象徴であるなどとする西欧的解釈を退けて、俳句とは描写も定義もせず、ただ「このような！」と指さすだけのものだと語っていた。そして「小説の準備Ⅰ」でも、この句は解釈することを押しとどめており、「何も言うことがない」「これだ！」としか言えない、と語っている。一〇年の年月をへだてて、バルトはおなじことを述べているのである。

しかし『記号の国』ではふれられなかったが、「小説の準備Ⅰ」では重要となっているものがある。天候や季節の記述である。バルトは言う。『失われた時を求めて』には八〇回も天候の記述がでてくるが、それらはまるで生きることの本質であるかのように語られている、と。天候を記述することは、季節のなかに個我を投影することであり、季節という普遍的なものと「わたし」の生とを反映させあうことになるのである。バルトは、母を亡くしてから、季節や時間のうつろいに敏感になっていた。一月二〇日の講義でこう語っている。

愛するひとを失った者はだれでも、その季節をとてもよく思い出します。光、花、香りなどを。喪と季節のあいだには、一致または対比があります。太陽の光のもとでは、どれほど苦痛を感じてしまうことでしょうか。

（『小説の準備I』）

暗い喪のなかでも、時間の陰影や天候の色あいのなかに身をおいていると、生の実感や存在の感覚がわきあがってくる、とバルトは言う。その感覚に充《み》たされたとき、言葉は必要ではなくなる。自分のなかに言語の虚空《こくう》がひろがってゆくのを感じるのだ。

言語が沈黙して、注釈も解釈も意味もなくなってしまったとき、そのときこそ、存在は純粋になるのです。

これは、『記号の国』で語られた、「言語の終焉《しゅうえん》」や、「解釈の不可能性」に近いものであるが、しかし今やバルトのまなざしは、言語の意味作用ではなく、生や存在のほうへと向いている。天候の記述がもたらすのは、「生きてゆくに値する」という思いなのである。俳句は苦悩をいやす力をもっている。俳句とともにあるかぎり、バルトは世界から隔絶せずに生きていけるような気がするのだった。

俳句とは、時間のなかに軽くきざまれた痕跡である。この瞬間的な記憶を、いかに展開して、物語に作りあげることができるのか。バルトは、蕪村の句「夏河を越すうれしさよ手に草履」をみて、自分も子ども時代かモロッコ旅行のときにこのようなことがあったと確信する。そうして、プルーストの無意志的記憶想起のことを考える。紅茶にひたしたマドレーヌ菓子を食べたとき、急に幸福感につつまれて、一気に子ども時代のことを思い出す、という記憶想起の場面である。蕪村の句と、プルーストの場面とは、予期していなかった幸福な思い出が突然にあらわれるという点で共通している。だが、プルーストの想起が外へ向かって広がってゆくのにくらべて、俳句は内へと向かう。プルーストにおいては、折りたたまれた紙を水のなかに入れると広がって花になるという水中花のように、マドレーヌ菓子から『失われた時を求めて』の全体が生まれている。しかし俳句は違う。

俳句においては、花は開いていません。水に入れない水中花です。つぼみのままです。俳句のなかの場面はすべてから切り離されており、読み手も「そんなことがあった」と思うだけである。その場面が時間のなかで展開して何かを生みだしてゆくということはない。時間は、ただちにその場で見出《みいだ》される「すぐの記憶」にすぎず、したがって俳句は「瞬間のエクリチュール」なのである。

俳句のなかにも、物語の萌芽《ほうが》を期待させるものはある。しかし、せいぜい小話や風刺的コントのようなものにとどまるだけで、持続した物語にはなりそうになかった。「俳句と物語とのあいだには、目に見えない、越えることのできない壁があるのです」とバルトは結論せざるをえなかった。こうして、俳句から物語を生みだすことは破綻した。そして講義の最終日である一九七九年三月一〇日には、バルトは唐突に「わたしはけっして嘘《うそ》をつけない」というという理由をあげ、「だからわたしは小説に近づくことができない」と語って、「小説の準備I」の講義を終えたのだった。

写真の真実

俳句が語っているのは、「これだ！」としか言いえないような言語の終焉と、「そんなことがあった」「それはかつてあった」という瞬間的な「すぐの記憶」である。そう考えたとき、バルトの頭に写真のことがうかんだ。暗い喪のなかで母の写真をじっと見つめていたときの思いが、俳句をとおして、かたちになるような気がした。バルトはただちに講義のなかで写真についての考察をはじめた。

俳句と写真の共通点はすくなくなかった。まず、どちらも「それはかつてあった」という印象をあたえるという特徴をもっている。この「それはかつてあった」「それは絶対に起こった」という感覚こそが、写真の特殊性なのだとバルトは言う。

また、俳句で語られる場面も、写真に写っている場面も、それ以上に展開することができないという点でもおなじである。その場面に何もつけくわえられないし、持続させることもできない。さらに、俳句の時間性は、完了過去（現在とつながりをもつ過去）であると述べたあとで、バルトは言う。「では写真はどうでしょうか。わかりません。これから分析してゆくべきことです」。こう語って、俳句と写真の比較をとりあえず終えたのだった。

「小説の準備I」の講義は一九七九年三月一〇日が最終回だったので、四月に入るとバルトは義務的な仕事からほとんど解放された。そして、ついに四月一五日にユルトで、写真をめぐる本の執筆をはじめたのである。あの「四月一五日の回心」からちょうど一年めの日であった。執筆は六月三日に終わり、本は『明るい部屋』というタイトルがつけられた。

この『明るい部屋』には、バルトが一年のあいだに小説をもとめて模索したことすべてが注ぎこまれている。作品は二部にわけられ、それぞれが二四章ずつからなる。第一部は写真の本質を探求する知的遍歴の物語であり、バルト自身の知的自伝がゆるやかに重ねられている。写真のふたつの要素として提示される「ストゥディウム」と「プンクトゥム」は、かつての「読みうるテクスト」と「書きうるテクスト」、あるいは「快楽のテクスト」と「悦楽のテクスト」の二分法を思わせる。そして第二部では、母の「温室の写真」を中心に、写真の本質の探求がつづけられる。母の死後におけるバルトの苦悩や、彼が小説において語りたいと考えている「愛」や「死」や「時間」の問題が展開されている。

第一部の批評的なアプローチから、母の死をはさんで、第二部の「愛」や「死」の考察へ変化するという構造は、バルトが「批評」活動から、母の死後に「小説」や「新たな生」へ転換しようとしていたことを象徴的に表している。また、この作品のはじめから終わりまで、透徹した「わたし」によって語られている。それは、今までになく小説的で、『失われた時を求めて』の「わたし」にも似た「わたし」なのである。

さらに、この作品はもはや断章形式で書かれてはいないという点も重要である。四八の章にきちんと番号がふられて、順序が定まっていることが示され、写真の本質を探求するひとつの物語となっている。また、本の副題は「写真についてのノート」であり、「ノート」の語が原書では単数形になっていることも目につく。それまでのバルトは、この種の語はつねに複数形にしてきた。学生サナトリウムで書いた「アンドレ・ジッドとその『日記』についてのノート」にはじまり、「エッセー」「断章」などすべてが複数形だった。しかし『明るい部屋』で、はじめて単数形がもちいられたのである。この作品は断章集ではなくひとつの物語だというバルトの主張が見られると言えるだろう。

コレージュ・ド・フランスでの講義で俳句と比較して考察したことは、もちろん取り入れられている。「小説の準備I」において俳句と写真の特性とされた「それはかつてあった」は、『明るい部屋』においては写真の本質のひとつとして重視されている。

「写真」においては、「その事物がかつてそこにあった」ことをけっして否定できない。現実のことと過去のことという二重の状況が不可分に結びついているのだ。そしてこのような制約は「写真」にしかないのだから、簡略化して、これを「写真」の本質そのもの、「写真」のノエマと見なさねばならない。［……］したがって「写真」のノエマの名とは、「それは＝かつて＝あった」となるであろう。［……］

また、俳句のもうひとつの特性であった「これだ！」は、「小説の準備I」の講義の段階ではまだ写真に関連づけられていなかったが、『明るい部屋』においては写真の本質のひとつとして語られている。

わたしは、通過儀礼の方法にしたがうように母の写真をつぎつぎと見てゆき、いっさいの言語の終焉であるあの叫びへと導かれたのだ。「これだ！」という叫びへと。

これは、バルトが俳句について語ったこととまったく同じである。こうして「写真」とは、現実（「それはかつてあった」）と真実（「これだ！」）の驚くべき融合である、という結論に達したのであった。

バルトは『明るい部屋』の本に、母への「愛」と「死」をいくえにも織りこみ、小説のためのエクリチュールの模索や俳句についての考察などをそそぎこんだ。また、みずからの「新たな生」も託して書いたのだった。『明るい部屋』はたぐいなく美しい。だが、小説作品ではなく、批評やエッセーの側にとどまっているという印象はぬぐえない。小説となるための何かが欠けているのである。

小説の構想

一九七九年六月に『明るい部屋』の執筆を終えると、バルトは気晴らしに一〇日あまりのギリシア旅行に出かけた。帰ってくると、すぐに「小説」の模索を再開する。だが、日記や手帳には気弱な言葉ばかりがならぶ。

一九七九年七月二二日

「計画」のあらゆる「救出」は失敗している。もう何もすべきことがないし、自分の眼前にはいかなる作品もないように感じる——いつもの繰りかえしの仕事をのぞいては。「計画」している形式はどれも軟弱で、耐久性がなく、エネルギー係数が低い。

（『喪の日記』）

バルトは弱気になりつつも、だがあきらめることなく、夏のあいだに「小説」をめぐる三つのこころみを同時進行させている。ひとつは、実際に小説の構想を書いてみることだった。ふたつめは、日記という断章形式について考察することである。三つめは、コレージュ・ド・フランスにおける四年めの講義「小説の準備Ⅱ」の講義ノートを書くことである。

小説の構想は、八月下旬から九月初めにかけて、七つの試案を書いている。その構想をみると、バルトが新たなエクリチュールを模索する時期を「新たな生」と呼んでいただけでなく、書かれる小説の題名もまた『新たな生』と名づけていたことがわかる。小説の構想はごく短い曖昧な言葉で書かれているだけであり、七つの構想は多かれ少なかれ異なっている。だが七つを合わせてまとめると、小説『新たな生』はほぼつぎのような内容として構想されていたことがわかる。

――母の死後、わたしはあてどのない生活をおくっている。愛する青年との関係も破局に終わり、夜ごとの外出も空《むな》しいだけだ。ジゴロを相手にしたり、友人との会話で時間をつぶしたり、人の言葉にいらだったりして、日々をすごしている。絵画や音楽などいろいろな趣味に手をだしてみるが、快楽は何の救いにもならないことをさとる。一九七八年四月一五日に、あるできごとをきっかけとして、わたしは文学にすべてをささげる新たな生をはじめることを決意する。母への愛や、死の悲しみをじゅうぶんに表現できる小説を書きたいと思い、プルーストやトルストイの作品を師とあおぐ。生活そのものも改めて、夜の生活からも身をひく。新しいエクリチュールを模索して、エッセーや日記などをこころみるが、どうしても断章を物語に織りあげる技法が見つからない。自分はまだ文学の通過儀礼の段階にいるのだと苦しむ。とりあえずは何もせずに、老子《ろうし》的な無為のなかで静かなときをすごすことにする。いつかは、花がひらくように作品が生まれてくるだろうと思う。そんなとき突然に、奇跡的な出会いを体験して、わたしは啓示をえる。そしてついに小説『新たな生』を書きはじめたのである。――

この構想では、バルトの経験や思索がそのまま語られている。小説というよりは自伝と言ったほうがいいだろう。小説に必要なはずの虚構性がみられない。そして、この内容にそって推測するならば、七九年夏のバルトは文学の通過儀礼的な段階にとどまっており、作品を始動させる奇跡的な出会いを待っているという状態だったのだろう。

この内容を念頭におくと、彼が日記形式について考察をしていたことが、べつの様相をみせてくる。バルトは夏のあいだに、日記論「省察」と、実際の日記「パリの夜」とを書いている。「省察」では、母が闘病中だった七七年夏の自分の日記と、最近の七九年四月の日記とを載せて、日記の文学性について考察している。そして結論は、日記を作品にすることはできない、というものであった。

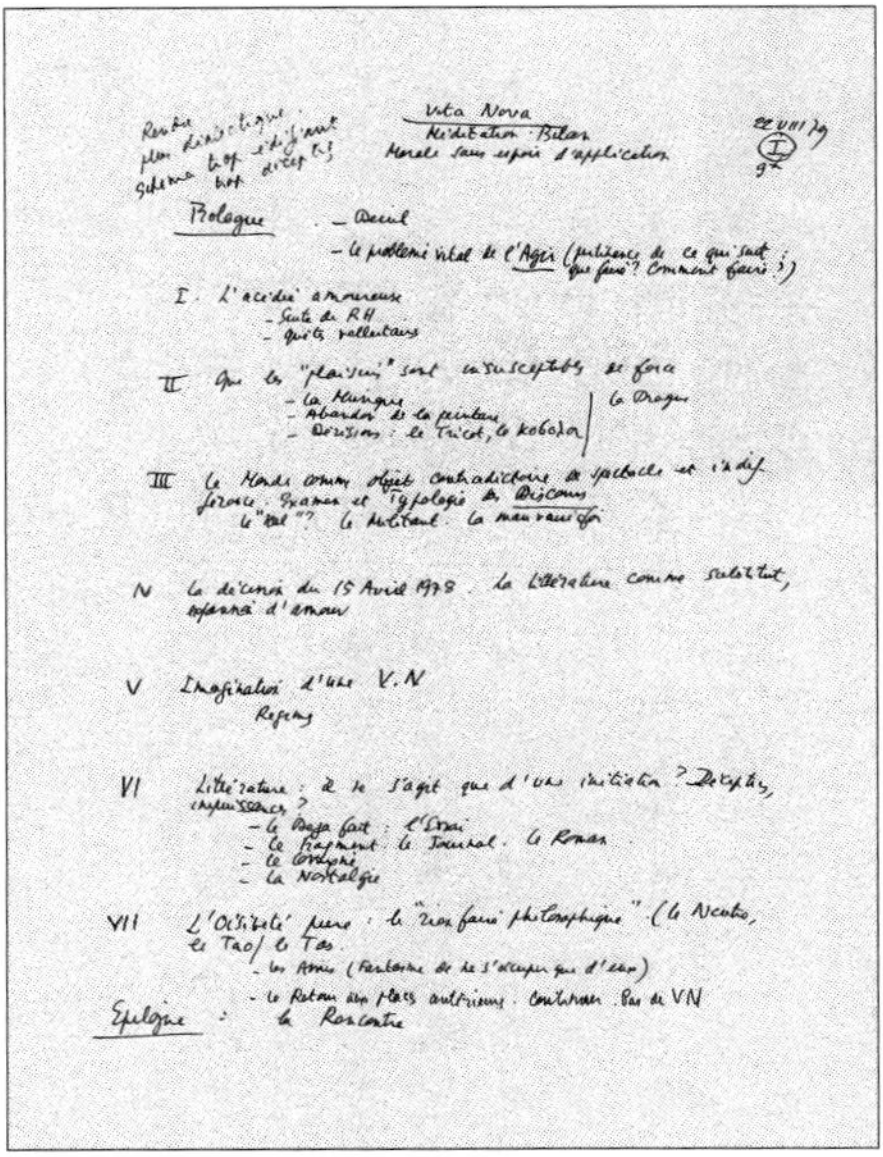

小説『新たな生』の構想ノート

「パリの夜」は、八月二四日から九月一七日のあいだに書かれた一六の日記である。内容は、喪の悲嘆と同性愛の苦悩であり、心情を赤裸々に語るさまは、バルト自身の真の日記のように見える。それゆえ、バルトの死後に刊行されたときには、出版を非難する声も少なくなかった。

だが日記をみると、奇妙なことに気づく。最初のページには「書く日の日付をしるすが、内容は原則として前夜のこと」という書きこみがあり、またべつのページには「動詞を過去形にすること」という指示もある。明らかに、日記を作品にしあげようとする意図が見えるのである。おそらく「パリの夜」は、日記体小説のこころみだったのだろう。そう考えると、「パリの夜」の最後の文章が小説めいていることも不思議ではなくなる。

［……］終わったのだとわかった。彼のこと以上に何かが――「ひとりの」青年だけを愛することが――終わったのだ。

「パリの夜」は、小説『新たな生』のなかに挿入されるべき日記だったのではないだろうか。青年との愛が破局に終わる場面に、である。そしてこの文章とともに日記部分は終わり、つぎの章へと進んでゆくはずだったのだろう。夜ごとの外出やジゴロとの気晴らしを語る章へと。そのように考えると、小説『新たな生』の形式的な複雑さが見えてくる。もしかしたら『新たな生』は、一貫した物語形式で構成される小説ではなく、日記体やエッセーや喜劇などのさまざまな形式が絡みあって、めくるめく調べを奏でてゆくような複合的な作品として構想されていたのではないだろうか。

嘘がつけない

一九七九年の九月なかばに、バルトはコレージュ・ド・フランスでの年度講義「小説の準備II　意志としての作品」の準備をはじめ、一一月二日に全体の講義ノートを書き終えている。実際の講義は一二月一日に開始され、一一回つづいた。内容は、前年度のくりかえしが目につく。「書く欲望」と「無為」について述べたり、自分には嘘がつけないので小説が書けないと言ったり、「作者の回帰」の魅力について語ったり、断章か物語かの選択について論じたりしている。すでになんども語ったことばかりである。目新しい点としては、作品を執筆しているときの作家の生活（衣食住、交際、書く速度など）について詳細にわたって説明していることであろうか。

最終日の一九八〇年二月二三日は、講義ノートによると、自分はまだ小説を書くための試練を乗り越えておらず、待機している状態である、と語って講義を終えたことになっている。しかしこれはバルトが一一月二日までに書いた講義ノートである。二月二三日に録音された実際の講義と聞きくらべてみると、すこし異なっていることに気づく。自分は待機の状態にあると述べたあとに、講義ノートでは「おそらく、『道徳的な』困惑のようなものがあるのでしょう」と書かれている。ところが実際の講義では、この文を削除して、そのかわりに次のように語っている。

欲望している本があります。でもその本は、今は欲望でしかありません。

このような文に変更したことは、本のかたちがぼんやりと見えてきたことを暗示しているのかもしれない。実際の講義で削除された「道徳的な」困惑については、一年前の「小説の準備Ⅰ」の最終日の講義でも次のように語っていた。

小説を書くにいたることとは［……］、じつは嘘をつくのを受け入れること、嘘をつくにいたることとなのです（嘘をつくのはとてもむずかしいかもしれません）。［……］結局、小説への抵抗、小説の（実践の）不可能性とは、「道徳的な」抵抗なのでしょう。

嘘がつけないから小説が書けないという点について、バルトは一九八〇年一月の講義でも語っていた。たしかに、嘘がつけなかったからこそ、『明るい部屋』は虚構性のみられないエッセーの側にとどまり、小説作品になりえなかったのである。また小説『新たな生』の七つの構想にしても、バルトの経験や思索をそのままならべただけで虚構性が見られず、小説というよりは自伝に近いものであった。

したがって、「小説の準備Ⅱ」の講義もまた、嘘をつけないという「道徳的な」困惑とともに終了するはずであった。だがバルトはその言葉を削除したのである。「道徳的な」困惑、すなわち嘘をつけないという問題は解消しつつあったということだろうか。

最後の思索

小説『新たな生』の七つの構想が書かれたのは、一九七九年の夏であった。じつはそのあとに一二月にも、一つの構想を書いている。この八つめの構想は、夏に書かれた七つとはすこし異なっている。物語られるできごとの順序が、である。夏の構想では、「母の喪」→「あてどのない生活」→「四月一五日の決意」→「作品の模索」→「無為」→「奇跡的な出会い」というように、バルトが実際に経験した順序に即したものになっていた。最後の「奇跡的な出会い」は現実にはおとずれておらず、待っている状態だったのであるが。

ところが一二月の構想をみると、順序は「母の喪」→「あてどのない生活」→「作品の模索」→「無為」→「四月一五日の決意」となっており、「四月一五日の決意」が最後におかれている。しかも、冒頭の「母の喪」の横に、「または終わりに」と書きこまれて、「喪」を物語の最後におく可能性さえしるされている。すなわちバルトは、できごとの順序を変えて、自分の体験とは異なる物語をつくろうとしていたのである。嘘をつくことを試みようとしていたのであろう。

「小説の準備II」の講義が終了した一九八〇年二月二三日に、バルトはスタンダール論を書いているところだった。一か月後にミラノでスタンダール学会があり、そこでバルトは発表をする予定だったのである。発表原稿には、「人はつねに愛するものを語りそこなう」という題名がつけられていた。

スタンダールは、祖国フランスよりもイタリアを愛していたが、『イタリア旅日記』のなかではイタリアへの愛を表現することに失敗しつづけた、とバルトは言う。だが最後の長編小説『パルムの僧院』において、スタンダールはついに愛を語ることに成功したのである。それは、感動を断片的にしるす旅日記をあきらめて、すべてを物語にゆだねたからであった。旅日記から小説へ、断章から物語へ、である。

では、いかにして「旅日記」から「小説」へ移行しえたのか。それは、個人的で不毛な愛に象徴的な普遍性をあたえる虚構の力によってである、とバルトは言う。

『イタリア旅日記』を書いたころ、若かったスタンダールは、「嘘をつくと［……］うんざりする」と書くこともできました。彼はまだ知らなかったのです。真実にとっては回り道でありながら、彼のイタリアへの情熱にとってはついに勝ちえた表現でもあるような——まさに奇跡です——虚構が、小説の虚構が存在するということを。

この文章によって「人はつねに愛するものを語りそこなう」の原稿は終えられている。バルトは、スタンダールの姿にみずからを重ねていたにちがいない。確信をもって語るバルトの口調には、彼自身の決意もまた感じられる。

それまでのバルトは、断章を物語に織りあげるための方法をあれこれと模索してきた。そして自伝的ではない「わたし」をもちいて語ることや、ふさわしい固有名詞を発見すること、できごとや事物のスケールを変えること、人物の「取り木法」をもちいることなどを挙げてきた。しかしそれらすべてが、じつは小説的虚構の力のなかにあったのである。そう気づいたバルトは、ようやく虚構を生みだすことに取り組みはじめていたのだろう。小説『新たな生』のための奇跡的な虚構を。

エピローグ——一九八〇年〜

I　バルトの死

事故と死

一九八〇年二月二五日は、とても寒い日だった。バルトは朝のうちに「人はつねに愛するものを語りそこなう」の原稿を書き終えて、タイプライターで清書にとりかかった。一枚めの清書を終え、二枚めの用紙をタイプライターにはさむと、もう出かける時間だった。昼食会の約束があったのだ。場所はセーヌ右岸のマレ地区だった。昼食会が終わると、彼はぶらぶらと歩いて帰ることにした。セーヌ川をわたり、シテ島をぬけると、二〇分ほどでコレージュ・ド・フランスの真向かいに出た。彼がコレージュのほうに道路を横断しようとしたとき、小型トラックが走ってきた。彼ははねられた。

彼は意識不明になる。身分証明書を身につけていなかった。だが偶然に、親しい友人でソルボンヌの教授のロベール・モージがその場に居あわせて、身元を証言する。バルトはサルペトリエール病院に運ばれた。夜のニュースで事故のことが伝えられ、翌日のニュースでは「心配のない容態である」と発表された。

事実、けがは重傷ではなく、病院の医師たちも身近な人たちも、はじめのうちは深刻な状態だとは考えていなかった。ところが数日後にバルトは呼吸不全におちいる。口から挿管をして呼吸の助けをしなければならなくなった。容態は日を追うごとに悪化していった。気管切開がおこなわれ、チューブが気管に挿入された。医師たちの説明では、昔の肺結核が原因で慢性的な呼吸不全状態にあったのが、事故のショックで悪化し、肺の併発症を引き起こしたとのことであった。

しかし、実際はそうではなかった。のちになって、バルトの容態悪化の原因は院内感染だったことが明らかになる。当時は院内感染の問題がまだ知られていなかったのである。しかもバルトには、感染に打ち勝つにじゅうぶんな体力がなかった。やがて彼は昏睡《こんすい》状態におちいる。何日間もその状態がつづき、そして目ざめることなく、ふたりの弟子にみとられて息をひきとった。一九八〇年三月二六日午後一時四〇分のことだった。

パリでは、葬儀も、いかなる式典もおこなわれなかった。三月二八日に、一〇〇人ほどの

バルトの墓

知人たちに見送られて、バルトの棺《ひつぎ》はサルペトリエール病院から運びだされ、霊柩車《れいきゅうしゃ》でユルトへ向かった。友人たちは列車で向かった。その日のユルトの空は荒れていた。激しい雨と凍りつくような風のなかで、バルトは母アンリエットとおなじ墓に埋葬された。

　バルトの死の二〇日後に、ジャン＝ポール・サルトルが死去する。サルトルの葬儀では、五万人の群衆が彼の棺にしたがってパリのなかを行進した。数万の人びとに見まもられて、彼はパリのモンパルナス墓地に埋葬された。生涯、戦闘的な運動家であったサルトルにふさわしい葬儀であった。バルトもまた彼らしく、親しい人たちだけに見まもられて、つつましくひっそりと去ったのである。

死後出版

雑誌などに発表されたバルトの論考やインタビューは非常に数が多かった。死後になって、それらをまとめて単行本として出版することが企画され、スイユ社からつぎつぎと刊行されていった。生前に単行本に収録されなかったテクストは、バルトがあとで手を入れることがなかったので、当時の彼の関心や声がそのまま残されており、興味ぶかい。

まず、一九八一年に、インタビュー集『声のきめ』が出された。一九六二年から、亡くなる直前までの、三九本のインタビュー記事が年代順におさめられている。

ついで八二年には、『自明の意味と鈍い意味』が出版された（邦訳は『第三の意味』と『美術論集』の二冊刊行となった）。映画・演劇・絵画・音楽をめぐる論考を二三編あつめた論文集である。映画についての論考は記号学的に分析したものが多く、ほとんどが六〇年代に書かれている。逆に、絵画と音楽をめぐる論考は、一八編のうち一七編が七〇年代に、とりわけ一一編は七五年以降に書かれている。七〇年以後のバルトが音楽や絵画の「快楽」を語るほうへ移行したことが、この論文集にはっきりと表れている。

八四年には、論文集『言語のざわめき』が出版される（邦訳は『言語のざわめき』と『テクストの出口』の二冊になる）。六四年から亡くなるまでのあいだに書かれた、さまざまなテーマの論考四六編がおさめられている。翌八五年には、一五編の記号学的論考をおさめた『記号学の冒険』が刊行された。

『自明の意味と鈍い意味』『言語のざわめき』『記号学の冒険』の三つの論文集において、それぞれの論考は、発表年に関係なく、いくつかのブロック（タイトルのついた）に分けて収録されている。生前のバルトは、論文集を出版する際にはかならず発表年順にならべていた。年代順とは、アルファベット順に次いで、あまり「意味作用を生みださない」順序だからである。その点で、死後出版の三つの論文集は、内容ごとに章分けされており、バルトの意に沿わないかたちで出されたと言えるだろう。

そして一九八七年に『偶景』が出版された。この本には「南西部の光」「偶景」「パラス座にて、今夜……」「パリの夜」の四つのテクストがおさめられている。「南西部の光」はユルトやバイヨンヌなどのフランス南西部について語った美しい文章であり、「パラス座にて、今夜……」はバルトが気に入っていたナイトクラブ＝ディスコ「パラス座」について文学的に語った興味ぶかいエッセーである。

ところが、『偶景』の刊行を批判する声があがった。問題は、「偶景」と「パリの夜」のふたつのテクストだった。「偶景」はモロッコでのアラブ青年への性的欲望を語っており、「パリの夜」は同性愛や欲望をテーマとした日記だったからである。それゆえ、バルトの赤裸々な文章を明るみに出して、彼が同性愛者であったことを暴露したという批判が起こったのだった。しかしすでに見たように、「パリの夜」はバルトの小説『新たな生』のなかに組みこまれるはずだったと考えられるテクストである。「偶景」のほうは、バルト自身が親しい友人たちに読ませて感想をたずねたりしていたという。友人たちは、「偶景」も小説『新たな生』に入れられるテクストなのだろうと感じていた。したがって、「偶景」と「パリの夜」を死後出版することには大きな問題はなかったと言える。

問題があるとすれば、「南西部の光」と「パラス座にて、今夜……」と合わせて一冊の本にしたことであろう。このふたつのテクストはバルトの私生活から生まれたものなので、『偶景』の本全体がきわめて私的な雰囲気をもつことになったからである。その結果、「偶景」と「パリの夜」もやはりバルトの私生活であるという印象をあたえることになったのである。

とにかくも、一九八七年のこの『偶景』の本を最後にして、あいつぐ死後出版はとりあえず終わったのだった。

小説の登場人物として

バルトの死後の状況における特異な点は、彼を登場人物とする小説がいくつも書かれたことであろう。ひとりの批評家が、その死後にさまざまな小説作品のなかに登場するというのは、あまり例を見ないことである。

まず一九八三年に、現代小説家ルノー・カミュが『ロマン・ロワ』を出版した。そのなかに、ルーマニアに暮らしていたときのバルトがささやかに登場している。『ロマン・ロワ』

は一九四〇年代のルーマニア国王をめぐる小説であるから、まさにバルトがブカレストにいた時代のことである。ルノー・カミュはバルトのセミナーに出ていた弟子であり、親しい友人でもあった。自分の小説のなかに、亡き友バルトのすがたを残しておきたいという思いがあったのだろうか。

おなじ一九八三年に、フィリップ・ソレルスが自伝的な小説『女たち』を刊行した。この小説は、本文中にまったく句点がないという前衛的な書きかたによる作品である。そのなかでバルトはジャン・ヴェルトという人物として登場している。交通事故の直前に彼が内面から蝕《むしば》まれたようになっていたようすや、病院の集中治療室での彼の絶望的なすがたなどを、ソレルスは愛情をこめて一〇ページにわたって描きだしている。

彼の母が二年前に亡くなっていた、彼の大いなる愛……唯一の愛……彼はだんだんと青年たちとの複雑な関係に滑り落ちていった、それは彼の性癖だったが、急に速度を増したのだ……彼はもうそのことしか考えなかった、それと同時に、断絶や、禁欲や、新たな生や、書くべき本や、再出発のことも夢みていた……、

一九九〇年には、ジュリア・クリステヴァが自伝小説『サムライたち』を出版する。この

小説は、クリステヴァがブルガリアからパリに着いてバルトのセミナーに参加する一九六五年から、東欧の体制が大きく変わる九〇年ごろまでのことが語られている。バルトはアルマン・ブレアルという名で登場しており、高等研究院での彼の授業のようすや、中国旅行のこと、事故後の病院でのことなどが描かれている。最後にアルマン（バルト）の病室をたずねたオルガ（クリステヴァ）とエルヴェ（ソレルス）は、気管切開で話すことのできないアルマンにむかって、生きてください、書いてください、と必死で語りかける。そして、病院からの帰り道にエルヴェは言う。いつの日か、アルマンの文学的価値が再発見されるようになるだろう、と。アルマンのエクリチュールとは彼の生きかたそのものであり、彼の言葉には音楽があるのだから、と。

ソレルスとクリステヴァの自伝的小説は、バルトへのふかい愛惜にみちている。とりわけソレルスの言葉からは、彼とバルトが文学という点でふかく結ばれていたことが感じられる。ふたりの関係はふうがわりであったが、それがきわめて文学的な友情であり、深い友愛であったことが二つの小説からわかるのである。

バルトについて書く

バルトが亡くなってから一〇年のあいだ、彼についての批評や解説書の出版は奇妙な様相をみせていた。英米圏では、出版がきわめてさかんだった。たとえば、スーザン・ソンタグの『エクリチュールそのもの　バルトについて』(一九八二年)、アネット・レイヴァースの『ロラン・バルト　構造主義とその後』(八二年)、ジョナサン・カラーの『バルト』(八三年)、スティーヴン・アンガーの『ロラン・バルト　欲望の教授』(八三年)など、つぎつぎと出版された。

　ところが、フランスにおいては、ほとんど出版されることがなかった。とりわけ、バルトをよく知っていた人たちは、雑誌に短い追悼文をのせることはあっても、まとまったバルト論を書くことはせずに沈黙していた。ただひとりの例外は、フィリップ・ロジェの『ロラン・バルト、小説』(八六年)である。ロジェはバルトの若き友人であった。この本は、バルトの活動とは記号学や新批評といった科学的なものよりもむしろ「文学」と自分の文学的生成とに身をささげる試みだった、と主張するものである。ロジェがバルト論を書くことができたのは、彼が七〇年代後半からずっと、そしてバルトの死のときも、ニューヨークに住み、ニューヨーク大学で教えていたことがあるのだろう。アメリカの空気のなかにいたからこそ、臆せずにバルトについて書くことができたのかもしれない。いずれにせよ、この本の出版が例外的であったことは、本の裏表紙の紹介文によくあらわれている。「『ロラン・バルト、小説』は、一九八〇年以来の、バルトとその作品にかんする沈黙を断ち切るのである」

と、フランスにおける「沈黙」が強調されているのである。

フランスの友人たちがバルトについて長いテクストを書くことができなかったのは、バルト自身の言葉も影響していた。彼は一九七一年に『サド、フーリエ、ロヨラ』のなかで「伝記素」について語っていたからである。自分が死んだら、自分の人生がいくつかの細部や好みや声の抑揚といった「伝記素」として書いてもらえればうれしい、というふうに。このことはバルトの知人たちの心にふかく沁《し》みこみ、絶対的な掟《おきて》のようにのしかかって、バルトの伝記だけでなくバルト論さえも書くことができなくなっていたのである。

一九九〇年にルイ＝ジャン・カルヴェが『ロラン・バルト伝』を刊行しているが、それは彼がバルトと親しくはなく、むしろ批判的な立場にあったからである。そのカルヴェさえ、「伝記素」をめぐるバルトの文章を無視することはできなかった。その文章を本のエピグラフとして引用し、さらに本文のなかで、この本は「伝記素」を集める試みであると書いたのだった。とはいえ、本は「伝記素」とは程遠い、伝統的なスタイルの評伝になってしまったのであるが。しかも、その皮肉っぽい口調と、安手の出世物語のような内容が、多くの人の反感をかった。

一九九〇年は没後一〇年にあたり、パリや南西部の町ポーなどでバルト・シンポジウムがいくつか開かれた。それぞれの発表者が「わたしにとってのバルト」を語り、バルトの存在がひとりひとりの心のなかに静かに沈潜しているさまを見せた。死後出版も終わり、これからはバルトのすがたは文学界の表舞台からすこしずつ消えてゆくのではないかと思われた。

II　未来への遺産

あいつぐ出版とバルト展

バルトは消え去りはしなかった。一九九三年から九五年にかけて、『ロラン・バルト全集』全三巻が豪華な装丁で大々的に出版されたのである。二〇〇二年には、おなじ全集が補遺をつけて、廉価版全五巻のかたちで出された。

全集の編者は、バルトの弟子であり、若き友人でもあり、バルトの最後をみとったエリック・マルティである。マルティによると、全集刊行の目的は、バルトのあらゆる著作とテクストと対談を網羅することであった。死後すでに論文集が三冊、対談集が一冊、未完の原稿をおさめた一冊が出されていたが、なお多数の論文や対談がかつての雑誌や新聞に発表されたまま入手困難になろうとしていた。それらをふくめた、バルトが出版したもののすべてが、全集におさめられたのである。

こうして、忘れられていた数多くのテクストが読みうるようになった。その最たるものが、学生サナトリウムの同人誌『エグジスタンス』に発表された七本の論考であろう。また、バルトの死後に発見された小説『新たな生』の構想の八ページが、手稿のコピーのかたちでおさめられて、それまで誰も知ることのなかったバルトの「小説」の具体的な内容が明らかになったことも意義ぶかい。

二〇〇二年から二〇〇三年にかけては、コレージュ・ド・フランスでの四年間の「講義ノート」も出版された。『いかにしてともに生きるか』『〈中性〉について』『小説の準備Ⅰ・Ⅱ』の全三巻である。バルトのノートは手書きであったが、出版のためにノートをタイプライターの字体に転写して、読みやすくなっている。とはいえ、このノートはそれぞれの講義の数か月前にバルトが準備したものであり、実際になされた講義とはすこし異なっている。したがって、講義のノートと実際の講義を照らし合わせられるように、講義録音もCD五枚のかたちで出されたのだった。

講義ノートが出版されたのとおなじころ、二〇〇二年一一月から二〇〇三年三月まで、パリの現代美術館ポンピドゥー・センターで「ロラン・バルト展」がひらかれた。バルト自身が描いた水彩画や、手稿、カード、手帳、個人的な写真などが展示された。二〇年以上まえに亡くなった批評家の展覧会を、パリ随一の現代美術館でひらくというのは、意外なことであった。その点について、当時のポンピドゥー・センターの館長ブリュノ・ラシーヌは、展覧会カタログ『ロラン・バルト』の巻頭でつぎのように書いている。

バルトが、その世代でもっとも独創的な批評家でありつづけるのは、彼のエクリチュールが喜びに結びついているからである。彼は［……］、書く欲望と「テクストの快楽」の内奥へと入ってゆく。ロラン・バルトの豊饒《ほうじょう》な企てを、生き生きと再発見することが求められているのだ。この卓越した多領域性が、ポンピドゥー・センターに適していないはずがなかったのである。

ここでバルトの特徴として、エクリチュールの欲望と快楽、彼の多領域性があげられていることは興味ぶかい。このことが、二〇〇〇年代になってバルトがふたたび大きく取り上げられるようになった理由のひとつだからである。かつてバルトが提唱した理論や概念ではなく、彼のエクリチュールこそが今や人びとを魅《ひ》きつけてやまないのである。理論や概念は、直接に人に働きかけて、すぐさま人を動かすが、やがては古びてしまう。エクリチュールや言葉への欲望や愛、さらには音楽や絵画の愛好は、すぐには目に見えないが、時とともに少しずつ人のなかに沁みこんでくる。その死から二〇年以上がすぎて、バルトは批評家や理論家ではなく、言葉や芸術への欲望と愛に生き、書いた作家となった。クリステヴァの小説のなかでソレルスが予告していたように、バルトの生きかたとしてのエクリチュールが再発見されたのである。

語り始めた友人たち

二〇〇〇年代になって、バルトの弟子や友人たちもようやく語りはじめた。まず、晩年の親しい友人であったアントワーヌ・コンパニョンが、「ロラン・バルトの〈小説〉」を二〇〇一年夏のシンポジウムで発表した。シンポジウムは、スリジー＝ラ＝サルの城でおこなわれた。コンパニョンは、二四年前におなじ場所でおこなわれたバルト・シンポジウムを思いだしながら、そしてバルトのすがたを思いうかべながら、語ったにちがいない。発表は二時間半にもおよぶ長いものだったという。この論考は、バルトが書こうとしていた「小説」を明らかにした画期的なものであった。二〇〇一年時点ではバルトの講義ノートはまだ刊行されておらず、コンパニョンはＩＭＥＣ（現代刊行物研究所）でバルトの手稿をじっくりと読んで、発表原稿を書いたのだった。この原稿は、翌年の『人文科学評論』誌に掲載された。

コンパニョンは、さらに二〇〇五年に『アンチモダン　ジョゼフ・ド・メーストルからロラン・バルトまで』を出版し、バルトの反近代主義的な本質を明らかにしている。バルトの言語への愛はまさしく反近代的なものであり、それは彼の晩年だけでなく、つねにそうであった、とコンパニョンは言う。「反近代的」とは、時代遅れということではなく、言語活動を欲望するという文学への回帰を望んでいたということである。コンパニョンの、バルトへの友情のこもった表現なのである。

また、おなじ文芸批評家であり、バルトの友人でもあったジャン＝ピエール・リシャールは、二〇〇六年に『ロラン・バルト、最後の風景』を出版した。バルトがコレージュ・ド・フランスの講義で「概念は隠喩の残滓《ざんし》にすぎない」というニーチェの言葉を引用したことに注目し、バルトの書いたもののなかに、隠喩を概念に置きかえる試みをさぐろうとするものであった。バルトはその講義においては、「概念」を傲慢なものとみなし、否定的に語っていたのである。

「ニーチェによると」「いかなる概念も、同一ではないものを同一視することから生まれる」。それゆえ概念とは、多様性や変化を縮小してしまう力なのです［……］。したがって縮小を拒否したいなら、概念にノーと言い、概念を用いないようにしなければなりません。では、わたしたち知識人はどのように話せばいいのでしょうか。隠喩によってです。概念を隠喩に置きかえるのです。それが書くことです。（『〈中性〉について』）

バルトは、概念そして哲学までもが、〈中性〉とは反対に、何かにたいして勝利しようとする傲慢なものだと述べている。彼は生涯をつうじて、ただひとつの意味や、それを押しつけるものを嫌悪し、言語のもつ権力を恐れてきたのであるが、彼にとって概念もまたそのようなものだったのである。

母の死後、愛や死を語りたいと思ったバルトは、愛とは何か、死とは何かについて定義するのではなく、愛や死のかたちを描き出したいと考えていた。それこそが、概念ではなく隠喩をえらぶこと、つまり作品を書くことなのである。結局、バルトは「小説」は書かなかったが、つねに隠喩で書くことをえらんできた。リシャールは、そのようなバルトのすがたを語ろうとしたのである。

リシャールが本を出した二〇〇六年に、バルトの弟子だったエリック・マルティもまた、バルトについて語ることを決意し、『ロラン・バルト、書く仕事』を刊行した。そのなかの私的な回想である「ある友情の思い出」においては、バルトの言葉や身ぶり、好みやまなざしといった細部、すなわち「伝記素」が断章的に語られている。マルティは、師バルトが望んだことを実現したのである。長短一三〇ほどの断章から浮かびあがってくるのは、著名な批評家バルトの華やかな顔ではなく、セミナーの良き教師、友情にあつい モラリスト、倦怠《けんたい》感に苦しむ病人、喪や恋愛に苦悩するひとであった。そして、生活のすべてを「書く仕事」にささげた孤独な作家の顔であった。

言語に生かされる

エリック・マルティは『ロラン・バルト、書く仕事』のなかで書いている。彼が弟子としてバルトから受けとったのは、知識や学説などではなかった、と。師バルトが彼に最後に伝えたのは、やはり言語への愛であった。

［……］彼［バルト］のおかげで言葉が苦悩ではなくなったのだ。それからはわたしは、言葉はわたしを裏切りえないだろう、けっして裏切らないだろうと確信したのである。言葉のなかに真実を見出《みいだ》すには、愛と信頼をもって言葉のほうに身をかがめさえすればよいのであり、言葉を正しく用いることによってこそ真実にいたることができるのである、と。

（「ある友情の思い出」）

バルトの言語への愛、エクリチュールへの愛は、しっかりと弟子たちに伝わっていた。死後二〇年がすぎ、ようやく弟子たちはそのことを意識するようになったのだろう。だからこそ、マルティやコンパニョンはバルトの言語への愛と欲望を語り、友人リシャールもまた、概念よりも隠喩を、哲学ではなく文学を愛したバルトのすがたを語ったのである。

とはいえ、バルトはただ言語を愛していただけではなく、もうすこし悲観的でもあった。言語を愛しつつも、断定によって権力と化す言語に恐れをいだき、ときには憎しみもしていたのである。

『零度のエクリチュール』以来（おそらくは青少年期に、地方ブルジョワジーの話し方とは見せ物のようなものだと感じたときから）、わたしが愛することに——もちろん同時に憎むことに——決めたのは言語なのです。つまり、言語にたいする完全な信頼と完全な不信です。

（インタビュー「答え」）

バルトは『テクストの快楽』の本の冒頭でも、「わが生涯の唯一の情熱は恐れであった」という文をエピグラフとして記していた。言語への愛と憎しみ、信頼と恐れは、バイヨンヌでの子ども時代からすでに始まっていたのであり、最初の著書を出してからはずっと、そのような思いにつきうごかされるようにして書きつづけたのだった。

音楽や絵画を愛し、それについて語ったことも、言語の問題と結びついていたと言えるだろう。バルトは、敬愛する声楽家パンゼラについて、講演のなかでつぎのように述べていた。

音楽とは何でしょうか。パンゼラの音楽が答えてくれます。「言語の美質」である、と。［……］語りえないもののなかにこそ、悦楽や、愛情、洗練、満足など、もっとも繊細な「想像的なもの」のあらゆる価値がやどるのです。（「音楽、声、言語」）

音楽は、エクリチュールとは異なるべつの言語をもっている。その言語がバルトを楽しませたり、心をなぐさめたり、考えこませたりするのである。また、絵画にかんしては、彼が水彩画を描く理由をつぎのように語っていた。

言語のわなにも、あらゆる文に不可避の責任にも、直接的にとらわれることなく何かを創りだしうるのだという安堵《あんど》感（心の休息）もあるのだろう。ようするに、エクリチュールがわたしに認めてくれない無邪気さのようなものである。（「ゼロ度の彩色」）

絵画もまた、エクリチュールとは異なった言語を、権力にとらわれない言語をもっている。そのような水彩画を描いているとき、そしてまた音楽につつまれているとき、バルトはエクリチュールの言語からすこし自由になった幸福感や無邪気さをあじわい、そしてまた言語についてよりよく考えることができたのである。

母の喪に苦しんでいたときも、彼は言語によって救われたのだった。母の死の九か月後に、絶望的な苦しみのなかでもなお生きていることに驚きながら、彼は思った。「わたしの悲しみは説明できないが、それでも語ることはできる」のであり、そして悲しみに耐えられるのは「そのことを語り、文にすることがかろうじてできるからだ」と。このときバルトは、言葉にすがって立ち上がろうとしていた。彼は、言語を愛し、憎み、恐れ、そして最後には、言語によって生かされたのである。

そうしたことが、死後二〇年がすぎて見えてきたからこそ、二〇〇〇年代になって、バルトが新たな魅力とともに現れてきたのであろう。理論や学説であれば人は受け入れることも拒絶することもできるが、言語の問題はあらゆる人が直面して、自分なりに考えてゆかねばならないことである。あらゆる人が、言葉によって生き、生かされていることをバルトはあらためて示したのである。

交通事故にあう二日前に、コレージュ・ド・フランスでの講義において、彼は十九世紀の作家シャトーブリアンの名を出して、つぎのように語っていた。

彼の作品（とくに『墓のかなたの回想』）における、彼の政治的（あるいは思想的）な活動の時代遅れぶりと、彼のエクリチュールの生き生きとして華麗で欲望をかきたてる特徴とのあいだには、驚くべき断絶があります。古びるのは政治的なこと（世界にたいする「力」の関係という、語の非常に広い意味で）です。「支配欲」はその主体が死ぬやいなや消えてしまいますが、「感覚欲」（官能の）は永続性（確実性とは言いませんが）の力をもっています。作家にとって問題は、「永遠」であること（「大作家」の伝説的な定義ですが）ではなく、死後も欲望されることなのです。（『小説の準備II』）

バルト自身にも、おなじことが言えるだろう。彼は「大作家」ではない。また、彼の概念や理論は時とともに古びてゆくだろう。しかし、彼の言語への愛と恐れや、そこから紡ぎだされたエクリチュールは、読む者を魅了しつづけ、そして、じっと考えこませるのである。

おわりに

二〇一五年は、ロラン・バルトの生誕一〇〇年にあたる。フランス国内だけでなく、多くの国々で、バルトをテーマとしたシンポジウムや展覧会などが催されている。バルトをめぐるさまざまな出版物の刊行もさかんである。

バルト関係の出版物は、二〇〇〇年代に入ってから、年とともに数がふえつづけており、二〇〇七年からは高等研究院でのバルトのセミナー・ノートも刊行された。そして二〇一五年五月には、彼が友人たちに送った手紙類も出版された。バルトについての研究やエッセーも数多く刊行されている。この二〇一五年の出版物のなかでとりわけ注目すべきなのは、七〇〇ページ以上におよぶ長大な伝記『ロラン・バルト』であろう。また、一〇月に刊行予定のフィリップ・ソレルスの『ロラン・バルトの友情』とアントワーヌ・コンパニョンの『文学の時代』も、バルトの思い出を語る作品として期待されている。

生誕一〇〇年のための国際シンポジウムは、バルトになじみのふかいイギリスやアメリカやルーマニアといった国々だけでなく、彼が行ったことのない中南米の国々（アルゼンチン、ブラジル、ボリビアなど）や、東ヨーロッパの国々（ベラルーシ、エストニア、クロアチア、ロシアなど）でも、大々的に催されている。

特徴的なものをいくつかあげると、まずブラジルのサンパウロで六月下旬にひらかれた国際シンポジウムである。四日間にわたって開催され、発表と討論会とをあわせて七〇人ちかくが参加する、という大規模なものであった。テーマは「複数的なロラン・バルト」であり、「複数的な思考」「複数的なイメージ」「複数的なエクリチュール」といったセッションがもうけられた。また、クロアチアのザグレブ大学では、六月末から三日間にわたって「ロラン・バルト　創造、感情、悦楽」というテーマで国際シンポジウムがひらかれ、写真や音楽や快楽など、一九七〇年代のバルトの多様なエクリチュールをめぐって、二〇人以上による発表がなされた。

イギリスのカーディフ大学で三月にひらかれたシンポジウムは、二日間で二七ものパネル・ディスカッションがおこなわれるという風変わりなものであった。「絵画」「自伝」「中性」「映像」「愛」「音楽」「モード」「文学」など、できるかぎり多くのテーマについて討論をかさねて、バルトの多彩さを浮かびあがらせようとする試みであった。また、ロンドンのブリティッシュ・アカデミーでは、一〇月に二日間、「多領域のバルト」というタイトルの国際シンポジウムが予定されている。

フランス国内では、こうしたバルトの複数性・多様性を前提としたうえで、とりわけ彼の芸術的な側面に焦点をあてようとする催しが目につく。たとえば、パリのサンジェ＝ポリニャック財団では、六月に三日間にわたって「バルトと音楽」と題するシンポジウムがおこなわれた。国立図書館では、五月から七月まで「ロラン・バルトのエクリチュール」という展覧会が催され、バルトの水彩画だけでなく、手書きのカードやノートまでもが、あたかも芸術作品であるかのように展示された。

また一〇月には、「バルトと映画」というテーマで、パリ市内の数か所（エコール・ノルマルやポンピドゥー・センターや映画館など）でシンポジウムや映画上映がおこなわれる予定である。一一月には、晩年のバルトが教授をつとめたコレージュ・ド・フランスにおいて、バルトのテクストから影響をうけて自分自身の作品を生みだした芸術家や作家たちによるシンポジウムが開かれることになっている。

このように、二〇一五年における催しは、バルトのテクストを解釈・研究することに終始するのではなく、むしろバルトのエクリチュールがいかなる広がりをもっているかを考え、それがどのように次世代に伝わって、新たな作品を生みだす力となっているかを言おうとしているように思われる。

そのことをもっとも率直に表しているのが、六月にポルトガルのリスボンで開催された国際シンポジウム「内在化されたバルト、あるいは文学の未来」であろう。その趣旨文では、フランスのあらゆる現代思想家・理論家のなかで、バルトだけが今日もなお価値を下げることなく現代的な意義をもちつづけている、という大胆な断言がなされた。「今なおバルトは、わたしたちとともにあり、わたしたちのあいだにおり、わたしたちのなかにいる。わたしたちはバルトを〝内在化した〟のだ」と述べている。そして、バルトが教えてくれたように、今やわたしたちこそが考えることと書くこととをなすべきなのだと語り、つぎのように結んでいる。「バルトは、わたしたちの過去ではない。未来なのである」。

一二月には、ロシアのサンクトペテルブルク大学でシンポジウムがひらかれる予定であるが、そのタイトルも「ロラン・バルトとともにこれから何をなしうるか」となっている。バルトのテクストを読むことが、各人の未来の活動に結びついているのだ、と宣言していると言えるだろう。

結局、ロラン・バルト生誕一〇〇年の催しとは、一〇〇年前に生まれて三五年前に亡くなった過去の理論家バルトを再発見することではなかった。現在もなお影響をあたえて、新たな作品を生みだす力でありつづけている作家バルトの、「未来への遺産」を確認することなのである。

＊

なお、本書中の引用文は、すべてわたし自身が訳出したものであり、したがって訳文と論考タイトルについてはわたしに責任がある。とはいえ、バルトの作品のほとんどがすでに翻訳されているので、バルト作品をさらに読んでいただきたいという願いをこめて、引用したバルト作品と参考文献の翻訳リストを巻末に記しておいた。

ロラン・バルト生誕一〇〇年という重要な年に、バルトについて一冊の本を書くという機会をあたえてくださった中公新書編集部の太田和徳さんに、心からお礼を申し上げます。

二〇一五年八月

石川美子

——『サムライたち』(1990), 西川直子訳, 筑摩書房, 1992年.
アントワーヌ・コンパニョン「ロラン・バルトの〈小説〉」(2002),『ロラン・バルトの遺産』所収, 中地義和訳, みすず書房, 2008年.
——『アンチモダン　反近代の精神史』(2005), 松澤和宏監訳, 鎌田隆行・宮川朗子・永田道弘・宮代康丈訳, 名古屋大学出版会, 2012年.
フィリップ・ソレルス『女たち』(1983), 鈴木創士訳, せりか書房, 1993年.
エリック・マルティ「ある友情の思い出」(2006),『ロラン・バルトの遺産』所収, 石川美子訳.
ジャン＝ピエール・リシャール『ロラン・バルト　最後の風景』(2006), 芳川泰久・堀千晶訳, 水声社, 2010年.

『批評と真実』(1966), 保苅瑞穂訳, みすず書房, 2006年.
『批評をめぐる試み』(1964),『ロラン・バルト著作集5』, 吉村和明訳, みすず書房, 2005年.
「二つの批評」(1963),『批評をめぐる試み』所収.
「ブレヒト的革命」(1955),『批評をめぐる試み』所収.
「プルーストと名前」(1967),『新＝批評的エッセー』所収.
『文学の記号学』(1978), 花輪光訳, みすず書房, 1981年.
「文化と悲劇」(1942),『ロラン・バルト著作集1』所収.
「文化批判の一例」(1969),『ロラン・バルト著作集6』所収.
「『ホンブルクの公子』の劇評」(1953),『ロラン・バルト著作集1』所収.
「ムシカ・プラクティカ」(1970),『第三の意味』所収.
『ミシュレ』(1954), 藤本治訳, みすず書房, 1974年.
「ミシュレ、〈歴史〉そして〈死〉」(1951),『ロラン・バルト著作集1』所収.
『モードの体系』(1967), 佐藤信夫訳, みすず書房, 1972年.
『物語の構造分析』(日本編集版), 花輪光訳, みすず書房, 1979年.
『喪の日記』(2009), 石川美子訳, みすず書房, 2009年.
『ラシーヌ論』(1963), 渡辺守章訳, みすず書房, 2006年.
「零度のエクリチュール」(1947),『零度のエクリチュール(新版)』所収.
『零度のエクリチュール(新版)』(1953), 石川美子訳, みすず書房, 2008年.
『恋愛のディスクール・断章』(1977), 三好郁朗訳, みすず書房, 1980年.
「ロラン・バルトのための二〇のキーワード」(1975),『ロラン・バルト著作集8』所収.

■参考文献

ルイ＝ジャン・カルヴェ『ロラン・バルト伝』(1990), 花輪光訳, みすず書房, 1993年.
ジュリア・クリステヴァ『記号の解体学 ―― セメイオチケ1』(1969), 原田邦夫訳, せりか書房, 1983年.

「写真のメッセージ」(1961),『第三の意味』所収.
「シューベルトについて」(1978),『ロラン・バルト著作集10』所収.
「シューマンを愛する」(1979),『第三の意味』所収.
「省察」(1979),『テクストの出口』所収.
『小説の準備Ⅰ・Ⅱ』(2003),『ロラン・バルト講義集成Ⅲ』,石井洋二郎訳,筑摩書房,2006年.
「小説の問題にかんする『コンフリュアンス』誌の特集について」(1943),『ロラン・バルト著作集1』所収.
『新=批評的エッセー』(1972),花輪光訳,みすず書房,1977年.
「ゼロ度の彩色」(1978),『ロラン・バルト著作集10』所収.
『第三の意味』(1982),沢崎浩平訳,みすず書房,1984年.
『中国旅行ノート』(2009),桑田光平訳,ちくま学芸文庫,2011年.
『〈中性〉について』(2002),『ロラン・バルト講義集成2』,塚本昌則訳,筑摩書房,2006年.
「出会いはまた闘いでもある」(1957),『ロラン・バルト著作集2』所収.
『テクストの快楽』(1973),沢崎浩平訳,みすず書房,1977年.
「テクストの出口」(1973),『テクストの出口』所収.
『テクストの出口』(1984),沢崎浩平訳,みすず書房,1987年.
「では中国は?」(1974),『ロラン・バルト著作集8』所収.
「長いあいだ、私は早くから寝た」(1978),『テクストの出口』所収.
「南西部の光」(1977),『偶景』所収.
「日本　生活術」(1968),『ロラン・バルト著作集6』所収.
「ニューヨーク、ビュッフェ、高さ」(1959),『ロラン・バルト著作集4』所収.
「パラス座にて、今夜……」(1978),『偶景』所収.
「パリの夜」(1979),『偶景』所収.
「ピアノ——思い出」(1980),『ロラン・バルト著作集10』所収.
『美術論集』(1982),沢崎浩平訳,みすず書房,1986年.
「人はつねに愛するものを語りそこなう」(1980),『テクストの出口』所収.

『記号学の冒険』(1985), 花輪光訳, みすず書房, 1988年.
『記号の国』(1970),『ロラン・バルト著作集7』, 石川美子訳, みすず書房, 2004年.
『旧修辞学　便覧』(1970), 沢崎浩平訳, みすず書房, 1979年.
「偶景」(1969),『偶景』所収.
『偶景』(1987), 沢崎浩平・萩原芳子訳, みすず書房, 1989年.
「『クリトン』の余白に」(1933),『ロラン・バルト著作集8』所収, 吉村和明訳, みすず書房, 近刊.
『言語のざわめき』(1984), 花輪光訳, みすず書房, 1987年.
『現代社会の神話』(1957),『ロラン・バルト著作集3』, 下澤和義訳, みすず書房, 2005年.
「声のきめ」(1972),『第三の意味』所収.
インタビュー集『声のきめ』(1981), みすず書房より刊行予定.
「『コーカサスの白墨の輪』の劇評」(1955),『ロラン・バルト著作集2』所収.
「古代悲劇の力」(1953),『ロラン・バルト著作集1』所収.
「古代をどのように上演するか」(1955),『批評をめぐる試み』所収.
インタビュー「答え」(1971),『ロラン・バルト著作集8』所収.
「〈古典〉の快楽」(1944),『ロラン・バルト著作集1』所収.
「今年は青が流行です」(1960),『ロラン・バルト著作集4』所収, 塚本昌則訳, みすず書房, 2005年.
「言葉と衣服」(1959),『ロラン・バルト著作集4』所収.
「作者の死」(1968),『物語の構造分析』所収.
『作家ソレルス』(1979), 岩崎力・二宮正之訳, みすず書房, 1986年.
「作家、知識人、教師」(1971),『テクストの出口』所収.
『サド、フーリエ、ロヨラ』(1971), 篠田浩一郎訳, みすず書房, 1975年.
「事件のエクリチュール」(1968),『言語のざわめき』所収.
「事物としての世界」(1953),『批評をめぐる試み』所収.
「ジャック・シャンセルとの対話」(1975),『ロラン・バルト著作集9』所収, 中地義和訳, みすず書房, 2006年.

引用文献の翻訳リスト

五〇音順，（　）内はフランスでの初出年.

■バルトの著作

『明るい部屋』（1980），花輪光訳，みすず書房，1985年.

「アンドレ・ジッドとその『日記』についてのノート」（1942），『ロラン・バルト著作集１』所収，渡辺諒訳，みすず書房，2004年.

『いかにしてともに生きるか』（2002），『ロラン・バルト講義集成Ⅰ』，野崎歓訳，筑摩書房，2006年.

「逸脱」（1971），『物語の構造分析』所収.

「衣服の歴史と社会学」（1957），『ロラン・バルト著作集２』所収，大野多加志訳，みすず書房，2005年.

「『異邦人』の文体にかんする考察」（1944），『ロラン・バルト著作集１』所収.

「イメージ」（1977），『テクストの出口』所収.

「インタビュー」（1969），『ロラン・バルト著作集６』所収，野村正人訳，みすず書房，2006年.

「映像の修辞学」（1964），『第三の意味』所収.

「エクリチュールの教え」（1968），『物語の構造分析』所収.

『S／Z』（1970），沢崎浩平訳，みすず書房，1973年.

「『S／Z』と『記号の国』について」（1970），『声のきめ』（みすず書房より刊行予定）所収.

「音楽、声、言語」（1977），『第三の意味』所収.

「科学から文学へ」（1967），『言語のざわめき』所収.

「固まる」（1979），『ロラン・バルト著作集10』所収，石川美子訳，みすず書房，2003年.

『彼自身によるロラン・バルト』（1975），佐藤信夫訳，みすず書房，1979年.

『記号学の原理』（1964），『零度のエクリチュール』所収，渡辺淳・沢村昂一訳，みすず書房，1971年.

「記号学の冒険」（1974），『記号学の冒険』所収.

2002年	新版『ロラン・バルト全集』全5巻
2002年～03年	『コレージュ・ド・フランス講義』全3巻
2007年～11年	『高等研究院セミナー』全3巻
2009年	『中国旅行ノート』『喪の日記』
2015年	『アルバム――未刊、手紙、雑文』

1963年　『ラシーヌ論』
1964年　『批評をめぐる試み』
1965年　新旧批評論争　『記号学の原理』
1966年　最初の日本滞在（5月）　『批評と真実』
1967年　日本に再滞在（3月と12月）　『モードの体系』
1969年　モロッコのラバト大学で講義（翌年夏まで）
1970年　『S／Z』
『記号の国』
『旧修辞学　便覧』
1971年　『サド、フーリエ、ロヨラ』
1972年　『新＝批評的エッセー』
1973年　『テクストの快楽』
1974年　中国旅行（4月）
1975年　『彼自身によるロラン・バルト』
1977年　コレージュ・ド・フランス教授に就任（1月）
『恋愛のディスクール・断章』
バルト・シンポジウム（6月）
母の死（10月25日）
1978年　『文学の記号学』
1979年　『作家ソレルス』
1980年　『明るい部屋』
交通事故に遭う（2月25日）
サルペトリエール病院で死去（3月26日）

1981年　『声のきめ』
1982年　『第三の意味』『美術論集』
1984年　『言語のざわめき』『テクストの出口』
1985年　『記号学の冒険』
1987年　『偶景』
1993年～95年　『ロラン・バルト全集』全3巻

ロラン・バルト年表　生涯と主要著作

（書名は翻訳タイトルによる）

	生涯	著作
1915年	シェルブールで誕生（11月12日）	
1916年	父の死．バイヨンヌへ	
1924年	母とパリへ	
1927年	弟ミシェルの誕生	
1934年	肺結核発病	
1935年	ソルボンヌの古典文学に登録	
1941年	肺結核再発	
1942年	アルプス近くのサナトリウムで療養	
1946年	パリにもどる	
1947年	『コンバ』紙に寄稿	
1948年	ブカレストのフランス学院で図書館員	
1949年	アレクサンドリア大学でフランス語講師	
1950年	パリにもどる．外務省に勤務．	
1952年	国立科学研究センター研修員（語彙論）	
1953年	『テアトル・ポピュレール』誌の創刊に協力	『零度のエクリチュール』
1954年		『ミシュレ』
1955年	セルヴァンドニ通りのアパルトマンを購入 国立科学研究センター補助研究員（社会学）	
1957年		『現代社会の神話』
1960年	高等研究院（研究主任）	
1961年	『コミュニカシオン』誌創刊に協力 ユルトに家を購入	
1962年	高等研究院（研究指導教授）	

図作成・ＤＴＰ　市川真樹子

石川美子（いしかわ・よしこ）

徳島県生まれ．1980年，京都大学文学部卒業．東京大学大学院人文科学研究科博士課程を経て，92年パリ第Ⅶ大学で博士号取得．フランス文学専攻．現在，明治学院大学文学部教授．日本版『ロラン・バルト著作集』（全10巻）を監修．

著書『青のパティニール　最初の風景画家』（みすず書房，2014）
『旅のエクリチュール』（白水社，2000）
『自伝の時間――ひとはなぜ自伝を書くのか』（中央公論社，1997）ほか

訳書『ロラン・バルト　喪の日記』（バルト著，みすず書房，2009）
『零度のエクリチュール（新版）』（バルト著，みすず書房，2008）
『記号の国』（バルト著，みすず書房，2004）
『新たな生のほうへ』（バルト著，みすず書房，2003）
『ミシュレとルネサンス』（フェーヴル著，藤原書店，1996）ほか

ロラン・バルト
中公新書 2339

2015年9月25日発行

著　者　石川美子
発行者　大橋善光

本文印刷　三晃印刷
カバー印刷　大熊整美堂
製　　本　小泉製本

発行所　中央公論新社
〒100-8152
東京都千代田区大手町 1-7-1
電話　販売　03-5299-1730
　　　編集　03-5299-1830
URL http://www.chuko.co.jp/

Published by CHUOKORON-SHINSHA, INC.
Printed in Japan　ISBN978-4-12-102339-1 C1210

中公新書刊行のことば

いまからちょうど五世紀まえ、グーテンベルクが近代印刷術を発明したとき、書物の大量生産は潜在的可能性を獲得し、いまからちょうど一世紀まえ、世界のおもな文明国で義務教育制度が採用されたとき、書物の大量需要の潜在性が形成された。この二つの潜在性がはげしく現実化したのが現代である。

いまや、書物によって視野を拡大し、変りゆく世界に豊かに対応しようとする強い要求を私たちは抑えることができない。この要求にこたえる義務を、今日の書物は背負っている。だが、その義務は、たんに専門的知識の通俗化をはかることによって果たされるものでもなく、通俗的好奇心にうったえて、いたずらに発行部数の巨大さを誇ることによって果たされるものでもない。現代を真摯に生きようとする読者に、真に知るに価いする知識だけを選びだして提供すること、これが中公新書の最大の目標である。

私たちは、知識として錯覚しているものによってしばしば動かされ、裏切られる。私たちは、作為によってあたえられた知識のうえに生きることがあまりに多く、ゆるぎない事実を通して思索することがあまりにすくない。中公新書が、その一貫した特色として自らに課すものは、この事実のみの持つ無条件の説得力を発揮させることである。現代にあらたな意味を投げかけるべく待機している過去の歴史的事実もまた、中公新書によって数多く発掘されるであろう。

中公新書は、現代を自らの眼で見つめようとする、逞しい知的な読者の活力となることを欲している。

一九六二年一一月

中公新書

哲学・思想

1 日本の名著 桑原武夫編
2113 近代哲学の名著 熊野純彦編
1999 現代哲学の名著 熊野純彦編
2187 物語 哲学の歴史 伊藤邦武
2288 フランクフルト学派 細見和之
2300 フランス現代思想史 岡本裕一朗
2036 日本哲学小史 熊野純彦編著
832 外国人による日本論の名著 佐伯彰一・芳賀徹編
1696 日本文化論の系譜 大久保喬樹
2243 武士道の名著 山本博文
312 徳川思想小史 源了圓
2097 江戸の思想史 田尻祐一郎
2276 本居宣長 田中康二
1989 諸子百家 湯浅邦弘
2153 論語 湯浅邦弘

36 荘子 福永光司
1695 韓非子 冨谷至
1120 中国思想を考える 金谷治
2042 菜根譚 湯浅邦弘
2220 言語学の教室 西村義樹・野矢茂樹
1862 入門！論理学 野矢茂樹
448 詭弁論理学 野崎昭弘
593 逆説論理学 野崎昭弘
2087 フランス的思考 石井洋二郎
1939 ニーチェ ツァラトゥストラの謎 村井則夫
2257 ハンナ・アーレント 矢野久美子
674 時間と自己 木村敏
1829 空間の謎・時間の謎 内井惣七
814 科学的方法とは何か 浅田彰・黒田末寿・佐和隆光・長野敬・山口昌哉
1986 科学の世界と心の哲学 小林道夫
1333 生命知としての場の論理 清水博
2176 動物に魂はあるのか 金森修

2166 精神分析の名著 立木康介編著
2203 集合知とは何か 西垣通
2222 忘れられた哲学者 清水真木
2339 ロラン・バルト 石川美子

現代史

2055 国際連盟 篠原初枝
27 ワイマル共和国 林 健太郎
478 アドルフ・ヒトラー 村瀬興雄
2272 ヒトラー演説 高田博行
1943 ホロコースト 芝 健介
2313 ニュルンベルク裁判 A・ヴァインケ 板橋拓己訳
2266 アデナウアー 板橋拓己
2274 スターリン 横手慎二
530 チャーチル（増補版） 河合秀和
1415 フランス現代史 渡邊啓貴
2221 バチカン近現代史 松本佐保
1959 韓国現代史 木村 幹
2262 先進国・韓国の憂鬱 大西 裕
2216 北朝鮮―変貌を続ける独裁国家 平岩俊司
2324 李光洙《イグァンス》―韓国近代文学の祖と「親日」の烙印 波田野節子

1763 アジア冷戦史 下斗米伸夫
1876 インドネシア 水本達也
2143 経済大国インドネシア 佐藤百合
1596 ベトナム戦争 松岡 完
941 イスラエルとパレスチナ 立山良司
2112 パレスチナ―聖地の紛争 船津 靖
2236 エジプト革命 鈴木恵美
1664
1665 アメリカの20世紀（上下） 有賀夏紀
1920 ケネディ―「神話」と実像 土田 宏
2244 ニクソンとキッシンジャー 大嶽秀夫
2140 レーガン 村田晃嗣
1863 性と暴力のアメリカ 鈴木 透
2330 チェ・ゲバラ 伊高浩昭
2163 人種とスポーツ 川島浩平
2329 ナチスの戦争 1918-1949 R・ベッセル 大山 晶訳

中公新書

芸術

k1

1741	美学への招待	佐々木健一
2072	日本的感性	佐々木健一
1296	美の構成学	三井秀樹
1220	書とはどういう芸術か	石川九楊
2020	書く―言葉・文字・書	石川九楊
2014	ヨーロッパの中世美術	浅野和生
1938	カラー版 フランス・ロマネスクへの旅	池田健二
1994	カラー版 イタリア・ロマネスクへの旅	池田健二
2102	カラー版 スペイン・ロマネスクへの旅	池田健二
118	フィレンツェ	高階秀爾
385 386	近代絵画史（上下）	高階秀爾
2052	印象派の誕生	吉川節子
1781	マグダラのマリア	岡田温司
1998	キリストの身体	岡田温司
2188	アダムとイヴ	岡田温司
2232	ミケランジェロ	木下長宏
2292	カラー版 ゴッホ〈自画像〉紀行	木下長宏
1988	日本の仏像	長岡龍作
2161	高橋由一―日本洋画の父	古田亮
1827	カラー版 絵の教室	安野光雅
1103	モーツァルト	H・C・ロビンズ・ランドン 石井宏訳
1585	オペラの運命	岡田暁生
1816	西洋音楽史	岡田暁生
2009	音楽の聴き方	岡田暁生
1477	銀幕の東京	川本三郎
2325	テロルと映画	四方田犬彦
1854	映画館と観客の文化史	加藤幹郎
1946	フォト・リテラシー	今橋映子
2247 2248	日本写真史（上下）	鳥原学